Valter Hugo Mãe

As doenças do Brasil

Valter Hugo Mãe

As doenças do Brasil

As doenças do Brasil
Valter Hugo Mãe

Publicado por:
Porto Editora
Divisão Editorial Literária – Porto
Email: delporto@portoeditora.pt

© 2021, Valter Hugo Mãe e Porto Editora

Ilustração da capa: Agostinho Santos
Design da capa: Porto Editora

1.ª edição: Setembro de 2021

Reservados todos os direitos. Esta publicação não pode ser reproduzida, nem transmitida, no todo ou em parte, por qualquer processo electrónico, mecânico, fotocópia, gravação ou outros, sem prévia autorização escrita da Editora.

www.**portoeditora**.pt

Execução gráfica **Bloco Gráfico**
Unidade Industrial da Maia.
DEP. LEGAL 488163/21
ISBN 978-972-0-03486-1

Por vontade expressa do autor, a presente obra não segue as regras do Acordo Ortográfico da Língua Portuguesa.

A **cópia ilegal** viola os direitos dos autores.
Os prejudicados somos todos nós.

para Ailton Krenak

«Andariam na praia, quando símos, oito ou dez deles e d´í a pouco começaram de viir. E parece-me que viinram este dia aa praia quatrocentos ou quantrocentos e cinquenta. Traziam alguns deles arcos e seetas e todolos deram por carapuças e por qualquer cousa que lhes davam. Comiam connosco do que lhes dávamos e bebiam alguns deles vinho e outros o não podiam beber, mas parece-me que, se lho avezarem, que o beberão de boa vontade. Andavam todos tão despostos e tão bem feitos e galantes com suas tinturas, que pareciam bem. Acarretavam dessa lenha quanta podiam, com mui boas vontades, e levavam-na aos batees. E andavam já mais mansos e seguros ante nós do que nós andéavamos antr'eles.»

Pero Vaz de Caminha, carta ao Rei D. Manuel, 1 de Maio de 1500

*

«O dia em que o capitão-mor Pedro Álvares Cabral levantou a cruz, que no capítulo atrás dissemos, era 3 de maio, quando se celebra a invenção da Santa Cruz, em que Cristo Nosso Redentor morreu por nós, e por esta causa pôs nome à terra, que havia descoberta, de Santa Cruz, e por este nome foi conhecida muitos anos: porém como o demônio com o sinal da cruz perdeu todo o domínio, que tinha sobre os homens, receando perder também o muito que tinha nos desta terra, trabalhou que se esquecesse o primeiro nome, e lhe ficasse o de Brasil, por causa de um pau assim chamado, de cor abrasada e vermelha, com que tingem panos, que o daquele divino pau que deu tinta e virtude a todos os sacramentos da igreja, e sobre que ela foi edificada, e ficou tão firme e bem fundada, como sabemos, e porventura por isto ainda que ao nome de Brasil ajuntaram o de estado, e lhe chamaram estado do Brasil, ficou ele tão pouco estável, que com não haver hoje 100 anos, quando isto escrevo, que se começou a povoar, já se hão despovoados alguns lugares, e sendo a terra tão grande, e fértil, como adiante veremos, nem por isso vai em aumento, antes em diminuição.

Disto dão alguns a culpa aos reis de Portugal, outros aos povoadores; aos reis pelo pouco caso que haviam feito deste tão grande estado, que nem o título quiseram dele, pois intitulando-se senhores de Guiné, por uma caravelinha que lá vai, e vem, como disse o Rei do Congo, do Brasil não se quiseram intitular, nem depois da morte de el-rei d. João Terceiro, que o mandou povoar e soube estimá-lo, houve outro que dele curasse, senão para colher suas rendas e direitos; e deste mesmo modo se haviam os povoadores, os quais por mais arraigados, que na terra estivessem, e mais ricos que fossem, tudo pretendiam levar a Portugal, e se as fazendas e bens que possuíam soubessem falar também lhes haveriam de ensinar a dizer como os papagaios, aos quais a primeira coisa que ensinam é papagaio real para Portugal; porque tudo querem para lá, e isto não tem só os que de lá vieram, mas ainda os que cá nasceram, que uns e outros usam da terra, não como senhores, mas como usufrutuários, só para a desfrutarem, e a deixarem destruída.

Donde nasce também, que nenhum homem nesta terra é repúblico, nem zela, ou trata do bem comum, senão cada um do bem particular. Não notei eu isto tanto quanto o vi notar um bispo de Tucuman da Ordem de S. Domingos, que por algumas destas terras passou para a Corte, era grande canonista, homem de bom entendimento e prudência, e assim ia muito rico; notava as coisas, e via que mandava comprar um frangão, quatro ovos, e um peixe, para comer, e nada lhe traziam: porque não se achava na praça nem no açougue, e se mandava pedir as ditas coisas, e outras muitas a casas particulares lhas mandavam, então disse o bispo verdadeiramente que nesta terra andam as coisas trocadas, porque toda ela não é república, sendo-o cada casa; e assim é, que estando as casas dos ricos / ainda que seja a custa alheia, pois muitos devem quanto têm / providas de todo o necessário, porque tem escravos, pescadores, caçadores, que lhes trazem a carne e o peixe, pipas de vinho e de azeite, que compram por junto: nas vilas muitas vezes se não acha isto a venda. Pois o que é fontes, pontes, caminhos e outras coisas públicas é uma piedade, porque atendo-se uns aos outros nenhum as faz, ainda que bebam água suja, e se molhem ao passar dos rios, ou se orvalhem pelos caminhos, e tudo isto vem de não tratarem do que há cá de ficar, senão do que hão de levar para o reino.

Estas são as razões porque alguns, como muitos dizem, que não permanece o Brasil nem vai em crescimento; e a estas se pode ajuntar a que atrás tocamos de lhe haverem chamado estado do Brasil, tirando-lhe o de Santa Cruz, com que pudera ser estado, e ter estabilidade e firmeza.»

Frei Vicente do Salvador, «Do nome do Brasil», no livro História do Brasil, 1627

*

«Mas como a experiência ensina que, para a saúde ser segura e firme, não basta sobressarar a enfermidade, se não se arrancam as raízes e se cortam as causas dela, é necessário vermos ultimamente quais são e quais foram as causas desta enfermidade do Brasil. A causa da enfermidade do Brasil, bem examinada, é a mesma que a do pecado original. Pôs Deus no Paraíso Terreal a nosso pai Adão, mandando-lhe que o guardasse e trabalhasse: *Ut operaretur; et custodiret* (Gên. 2, 15) e ele, parecendo-lhe melhor o guardar que o trabalhar, lançou mão à árvore vedada, tomou o pomo que não era seu, e perdeu a justiça em que vivia, para si e para o gênero humano. Esta foi a origem do pecado original, e esta é a causa original das doenças do Brasil: tomar o alheio, cobiças, interesses, ganhos e conveniências particulares, por onde a justiça se não guarda, e o Estado se perde. Perde-se o Brasil, Senhor digamo-lo em uma palavra porque alguns ministros de S. Majestade não vêm cá buscar o nosso bem, vêm cá buscar nossos bens. Assim como dissemos que se perdeu o mundo porque Adão fez só a metade do que Deus lhe mandou, em sentido averso, guardar sim, trabalhar não, assim podemos dizer que se perde também o Brasil porque alguns de seus ministros não fazem mais que a metade do que El-Rei lhes manda. El-Rei manda-os tomar Pernambuco, e eles contentam-se com o tomar. Se um só homem que tomou perdeu o mundo, tantos homens a tomar como não hão de perder um estado? Este tomar o alheio, ou seja o do rei ou o dos povos, é a origem da doença; e as várias artes, e modos, e instrumentos de tomar são os sintomas, que, sendo de sua natureza mui perigosa, a fazem por momentos mais mortal. E se não, pergunto para que as causas dos sintomas se conheçam melhor: Toma nesta terra o Ministro da Justiça? Sim, toma. Toma o Ministro da Fazenda? Sim, toma. Toma o ministro da República? Sim, toma. Toma o Ministro da Milícia? Sim, toma. Toma o Ministro do Estado? Sim, toma. E como tantos sintomas lhe sobrevêm ao pobre enfermo, e todos acometem à cabeça e ao coração, que são as partes mais vitais, e todos são atrativos e contractivos do dinheiro, que é o nervo dos exércitos e das repúblicas, fica tomado todo o corpo, e tolhido de pés e mãos, sem haver mão esquerda que castigue, nem mão direita que premie, e, faltando a justiça punitiva para expelir os humores nocivos, e a distributiva para alentar e alimentar o sujeito, sangrando-o por outra parte os tributos em todas as veias, milagre é que não tenha expirado.»

Padre António Vieira, no *Sermão da Visitação de Nossa Senhora*, 1638

*

«Os brancos se dizem inteligentes. Não o somos menos. Nossos pensamentos se expandem em todas as direções e nossas palavras são antigas e muitas. Elas vêm de nossos antepassados. Porém, não precisamos, como os brancos, de peles de imagens para impedi-las de fugir da nossa mente. Não temos de desenhá-las, como eles fazem com as suas. Nem por isso elas irão desaparecer, pois ficam gravadas dentro de nós. Por isso nossa memória é longa e forte.»

Davi Kopenawa, no livro *A Queda do Céu – Palavras de Um Xamã Yanomami*, 2010, ouvido por Bruce Albert entre 1989 e início da década de 2000

*

«A ideia de que os brancos europeus podiam sair colonizando o resto do mundo estava sustentada na premissa de que havia uma humanidade esclarecida que precisa ir ao encontro da humanidade obscurecida, trazendo-a para essa luz incrível. Esse chamado para o seio da civilização sempre foi justificado pela noção de que existe um jeito de estar aqui na Terra, uma certa verdade, ou uma concepção de verdade, que guiou muitas das escolhas feitas em diferentes períodos da história.»

Ailton Krenak, no livro *Ideias para adiar o fim do mundo*, 2019

PRIMEIRA PARTE
Educar os mortos

CAPÍTULO UM
O branco

O animal branco é o animal vazio, fera sem sinal de espírito, máscara vocabular que deita a palavra do mal, preda por ser torpe, dissimula e seduz, sua fealdade é infecção, existe no mundo aos mil, certamente dez vezes mil, semelhante aos sagrados abaeté mas torto, vocacionado para devorar e matar, o branco não é alguém, imitador dos que soam, é o abismo num corpo erguido e abeira para conter tudo quanto não lhe pertence, o lugar e a carne dos outros, a paz e a fertilidade dos outros, os que acordaram por eternidades seus compromissos para maturarem no esplendor da criação, ele não permite a confiança, seus acordos são a traição, a morte da gentileza. Sem intenção de maturar, a fera branca é sem sentido. Deriva em suas navegações e assombra a mata, azarando e solicitando a guerra aos que soam. Os que soam fazem a guerra para que aquilo que é certo seja na mira da esperança. Os desesperançados não são abaeté. O animal branco aconteceu de uma zanga. Ele é o podre da zanga que não se conversa. É oposto ao diálogo porque aquilo que entoa mente.

    Nas ilhas dos três mares, pelas duas aldeias, todos se alegraram com a notícia de que tombara um inimigo e o dignificariam ao entardecer, como de hábito. Foi dada notícia e imediatamente se escutaram as canoras alegrias, canções que ensinam o rigor dos rituais, o mais firme das oferendas devidas.

Era um branco indiferente. Fogueava no areal junto da piroga gigante, e seus companheiros cuspiram sobre os abaeté o grito de ferro e partiram. Os abaeté viram partir a navegação e o corpo inimigo sobrou tombado. Era morto. Fizeram a tristeza gentil. Rodearam o animal e fizeram a tristeza. Depois, chefiaram a tarefa de o carregar, enquanto mereciam a alegria.

Era entre o areal e a aldeia litoral a Pedra que Soa, mas não se via por inteiro. Apenas os que haveriam de ser escolhidos para a morte poderiam afirmar com certeza onde estava, como era, seu tamanho e sua cor muito brilhante. Aos plenamente vivos, ela mostrava um promontório pequeno onde pousavam certas aves à pressa. Os abaeté jamais passariam sem um aceno, e alguém sempre escutava sua Voz Coral.

Que entoou.

Perguntavam os outros.

A gratidão.

Respondia o intuitivo.

E mais caminhavam para abeirar o cerco da aldeia, e destrinçavam a entrada escondida e propagava até ao pajé a notícia de que voltavam em importante caça. O santo assomava ao terreiro, junto ao coto da figueira, e orgulhava-se de seu bravo povo. Levantava os braços e as penas gesticulavam num suave vento. Era o ouvido da ancestralidade, nunca erraria entre o direito e o torto. Sorriu primeiro, mas severo entoou:

comecem os rituais de abrigo. Jamais ofenderemos a boca do inimigo, toca do espírito, não a faremos esperar. Eduquemo-lo para a nossa encantaria, eduquemo-lo para a nossa morte. Colham vossas pedras, agradeçam a lucidez. Juntem. Acendam os fumos. Adornem os rostos. Alindem vossas peles para a paz.

A comunidade mais cantou.

Pai Todo se prostrou solicitando a Voz Coral, e a ancestralidade foi entoando seus elogios ao povo, explicando como convencera o sol a brilhar de novo, como resfolegavam as águas pejadas de peixe, como sustentavam as aves no pouco vento a liberdade prometida. A Voz Coral muito conversou com o santo pacificado no chão, e a comunidade já dançando aumentava o alarido e aguardava por saber que nome teria o inimigo. Que nome haveria de abrir sobre seu corpo para o dignificar com um espírito que aninhasse para sempre na encantaria abaeté.

À chegada do luar, incansável o povo, o inimigo era dividido entre porcarias e bons pedaços, para organizar sua morte conforme a sabedoria benigna. Os guerreiros traçavam os cortes, as femininas traziam águas e faziam lavagens para expor o triunfante galho ósseo que subiam nas mãos. Todos se alegravam. As ilhas de três mares deitariam para dormir mais tarde, muito mais tarde, em noites assim.

Havia os que decidiam suas duplas, os que enamoravam justamente pela euforia, os que caçavam originalidades, a entoar palavras que serviam apenas por imaginação, muito se imaginava nas festas dos abaeté. E duravam as iluminações dos fogos onde também se preparavam peixes e carnes, e onde se juntavam até os curumins e as curatãs sem quererem dormir. Queriam ver tudo e alegrar, queriam aprender as canções e sabiam-nas bem antes de poderem significar seus sentidos. As femininas apressando para que os transparentes deitassem no sono, os guerreiros apressando para que os transparentes deitassem no sono. E usavam cada vez mais imaginação e a euforia inventava exuberâncias. A comunidade inteira exuberava e celebrava o guerreiro caçador, aquele que abatera o inimigo para manter a graça pacífica do povo.

Pai Todo chefiou que mais levantassem os fogos. As maiores folhas de palmeira ampararam o santo, seus guerreiros mais tardios seguraram, quando ele solenemente entoou:

povo da Verdadeiríssima Divindade, nossa sorte é o amor da mata. A mata encontrou o inimigo e o inimigo será salvo.

Com aquelas palavras começavam as canções.

Ansiosos, os abaeté preparavam a comoção. Juntavam mãos, seguravam os filhos, muitos ajoelhavam, careciam. Por tanto aguardarem o enternecimento comum, comoviam-se alguns bem antes dos outros. Até que Pai Todo chefiava para a comunidade chorar. E a comunidade chorava.

Tomavam suas flautas, era importante abrir os pulmões, agradeciam. Os espíritos abeiravam e todos intuíam com abundância. A ancestralidade era sempre presente. Jamais abandonaria seus vivos dignos, belos, gentis, alegres.

CAPÍTULO DOIS
O nome dos inimigos

A boca do inimigo jamais seria ofendida, toca do espírito à tona do corpo, ao fundo da eternidade. À morte, cortada a cabeça no alegre cântico, a boca aberta haveria de exalar na mudez suas palavras antigas, essa língua suja, e descansar por um instante. Depois, a comunidade abaeté escolheria as pedras mais polidas e, um a um, deixariam no côncavo daquele espanto a promessa de tudo se reimaginar, nascendo de outro jeito, e o inimigo encantaria para a abundância da mata, o órgão vital, e passaria a ser educado na acalmia pela Verdadeiríssima Divindade.

À deposição da pedra, todos, opacos guerreiros, opacas femininas e transparentes pronunciavam o nome que o pajé intuíra para abrigar o espírito inimigo na gentileza abaeté. Pai Todo intuíra que aquele seria Lonjura Serena, haveria de perdurar a espiar o céu distante. E cada guerreiro, feminina e transparente se abeirou da cabeça quieta no entrançado de folhas e entoou:

Lonjura Serena, nossas ilhas, nossos igarapés e três mares, nossa memória e alegria, todos os bichos e todas as originalidades te celebrem com a sacralização eterna e a paz, e teu espírito esteja aninhado no coro da Pedra Que Soa até que regresse na promessa do osso do relâmpago.

E as pedras podiam já cobrir o rosto e cair empilhando-se em volta, porque os abaeté estavam férteis, eram mais do que nunca, nasciam dos ventres incansáveis, ovos chocando ao cimo das pernas das femininas jovens e confiantes.

Limpavam os ossos que usariam de adorno triunfante e para suas flautas. Cuidavam da fortuna do corpo do inimigo, que sucumbira à astúcia da comunidade sempre valente e atenta, seguindo os rituais ancestrais de dignificação da mais importante caça. O corpo do inimigo semelhante era específico, a Verdadeiríssima Divindade deixara claro na infinidade de intuições de mil gerações de pajés. O semelhante era o melhor inimigo, deveria valer pelo espírito que se mudaria para a encantaria vencedora e se veria por ele amada e protegida. O terreiro organizava o ofício enquanto, a todo o momento, a encantaria vinha perto e se ocupava desse que acabava de chegar à morte. Sobre o espaço abaeté se punha o sopro vocabular do vento que dizia aos maduros a maravilha daquele gesto. E os maduros anunciavam aos mais novos a boa notícia e a comunidade demorava com esmero nas honrarias e nos prazeres.

Lonjura Serena ficou no entrançado de folhas e o povo cantou:

obrigado por nosso irmão, obrigado por nossas ilhas, cada dente é uma fera, em cada fera outra fera. A mata traz, a mata liberta.

E cantou:

abençoado povo dos três mares, do pequeno e do grande igarapé, dos bandos vermelhos, da cova de jacaré, da cova de jacaré, da grande cova de jacaré, do caminho da subida, da Pedra Que Soa e da paz e sua guerra até ao último guerreiro em pé.

Suavam os fumos das fogueiras, levantados agora à lua pelas copas. Naquela noite, em todas as noites assim, no terreiro, em torno do coto da figueira, acordavam as aves, todas as aves dispersando na imensidão o espírito do inimigo agora convidado a ser culto.

No alvoroço, misturado com tantos mais transparentes, um curumim azarava diferente, medrando em sua complexidade uma dúvida. Era antes de poder verbalizar, de saber proferir o que significava seu próprio corpo intruso, mas muito pouco antes. Crescia para sua opacidade e todos os guerreiros e todas as femininas haviam já entendido que ele se media e meditava, esperavam aquele instante receosos. Pai Todo, chefiando a comunidade, foçou o curumim e perguntou:

Honra, porque não depositaste ainda a pedra. É tua vez de criar irmandade com o inimigo que a morte educa. Educa o morto.

O curumim, resistindo em seu interior, moveu-se para junto da cabeça exposta e tomava em mão a pedra que escolhera, mas hesitava. Sabia a fala de abrigo, sabia o que pronunciar, mas era retraído por uma qualquer fúria que não definia. Pai Todo chefiou:

proclama, abriga teu novo irmão.

E o pequeno Honra, subindo um pouco em seu orgulho, respondeu:

não sinto.

Quando fugiu aldeia fora, mata adentro, talvez a caminho do pequeno igarapé, a cobra amistosa, Honra não se explicou e ofendera o pajé sem limite. Qualquer ofensa assim poderia protelar sua maturação e obrigar a que mantivesse um modo de vida pueril, impedido de ser guerreiro, formar família, ter a graça de uma feminina para as folias da fertilidade e do surgimento dos filhos. Diria, depois, que gerava euforia pelo instante de caçar e matar, mas não pelo abrigo. Não sentia euforia por abrigar o espírito do inimigo na encantaria abaeté, confessava mais, preferia que isso não acontecesse. E era superior à sua força. Perigava na gentileza. Boa de Espanto, mãe de Honra, obrigava a que sensibilizasse seu ser, pela vergonha e pela falta de inteligência.

O vento sobrevoava os dois na conversa já do sol seguinte e Boa de Espanto alertava:

a Verdadeiríssima Divindade culpará cada erro no espírito de quem retém o ódio. Odeia apenas na defesa. Jamais quem soa se pode propor ao ataque.

E o curumim entoou:

descubro minha fúria muito antes do ataque, mãe, descubro a fúria muito antes da defesa, ela é o tempo inteiro. Conte, sagrada mãe. Conte como foi que intuíram meu nome. Pai Todo intuiu que eu sou o Honra. Que farei dessa obrigação.

A feminina silenciou. Não entendia se seria demasiado cedo para que o filho soubesse. Melhor seria que Pai Todo bem medisse o tempo e o usasse para as notícias e conhecimentos. O curumim havia ficado noite toda junto ao igarapé pequeno. Estava líquido. Seus olhos turvos. Seu espírito ondulava.

Primeira educação dos abaeté era feita por essa cobra amistosa, o estreito curso de água que seguia pelas duas aldeias, a subida e a litoral. Entre os cinco e os dez tempos das estações mais quentes, antes da opacidade, todos os curumins e todas as curatãs precisavam de ficar ali esperando que a expressão da água descodificasse. Observando, nadando, os corpos de pouca altura demoravam naquele lugar, mantendo-se limpos, em movimento, escutando como no interior mais protegido da ilha corria infinitamente a água que podiam beber e com a qual se glorificavam. Beber era convidar o órgão vital a mexer a toca do espírito e a frescura era uma graça das coisas eternas. Abriam também a boca e uns aos outros se espreitavam. Entoavam:

toca do teu espírito é funda, dá para ver nada, só que não termina, é gigante. Tu também és gigante.

Depois, em jogos, banhando à pressa, os pequenos corpos vermelhos eram como guerras do próprio sangue azarando por sobre e ao fundo das águas. E os transparentes inventavam nomes para Honra, que se cansava a protestar. Tristeza Branca, Maior Inimigo, Medo Branco, Fedor, Feio. Alguém chefiava que acalmassem. Aquietavam na generosidade da mata e prestavam atenção.

Os abaeté haviam intuído que se faziam adultos pela complexidade. O conhecimento era complexo e chegava aos que perdiam para sempre a candura inútil da distracção. O igarapé educava para a atenção e para a mudança de vontade, porque mantinha o movimento, mas o mesmo gesto podia fazer-se gentil ou trazer o perigo. Em algum instante, todos os transparentes começariam a contar cada peixe correndo. Em algum instante, todos os transparentes começariam a caçar os peixes correndo para favorecer suas fomes e as fomes da comunidade. Lenta mas gratamente, cada curumim e cada curatã conquistavam sua opacidade, esse segredo que a mata ia revelando e que se inscrevia em suas forças sem muita possibilidade de ser explicado, verbalizado. Era importante deixar livres as coisas que não queriam ter nome. O nome é uma palavra habitada mas algumas entidades eram no desabrigo puro, acolhidas pela criação sem necessidade de maior forma, sem necessidade de som. Eram atributos puros do silêncio. Assim se explicavam quando alguém questionava. Respondiam que havia sido um atributo puro do silêncio. Tinha nenhum nome. Era sem vocábulo. De entre todos os pequenos corpos, Honra era quem mais pressentia sua inevitável perdição. Ávido por crescer, abusador em todas as coragens, alimentando mais do que adultos condecorados pela opacidade, Honra ficava junto do igarapé numa fúria que apenas aumentava, sem poder declarar razão concreta para seu estado sempre malcontente. Via os outros como à distância de muitas estações quentes, tão mais entretidos em suas incúrias, distracções absolutas que os tornavam imprestáveis. Se houvessem de estar em perigo, nenhum se pouparia a morrer. Ele era o único que poderia golpear um jacaré, tomar uma cobra pelo esganado da boca e levá-la ao arrependimento por o ter querido morder. Era perfeitamente capaz de agarrar cada peixe correndo ilha líquida abaixo, mas já se cansara de o fazer e fugia do mais macio da água. Honra fugia do macio da água, esses lugares onde ela parava um pouco, ficava mais larga abrindo entre pedras onde se podiam sentar, encostar descansando, só lavando a pele. Aí, todos se demoravam a mirar seus rostos. Cintilavam na superfície, movendo-se os sorrisos e as caretas, os lábios cantando alegres. Era para todos uma alegria claríssima que o igarapé oferecesse um olhar reverso. Menos para Honra, que espiara tantas vezes em seu rosto as marcas pálidas do inimigo que fecundara sua mãe.

O inimigo branco feriu Honra no ventre de uma feminina abaeté. O inimigo feriu o filho no ventre de uma feminina. E ela restou na mata, distante, batida para morrer mas não morreu por completo. A encantaria lhe entoou que voltasse a casa. A Voz Coral esclareceu:

volta a respirar. Teu ovo imaginará um guerreiro. Teu guerreiro te amará e essa alegria será boa para a mata.

Quando Boa de Espanto se levantou e caminhou lenta para a aldeia, enganou o caminho e foi para junto do areal onde Altura Verde escavava com afinco o tronco que viraria piroga e a escutou num gemido pequeno. O guerreiro a tomou nos braços e lhe notou o sangue entre as pernas e no alto da cabeça, ele entendeu o quanto ela esteve perto de morta e perguntou:

sagrada Boa de Espanto, quem foi teu inimigo.

E a feminina respondeu:

sagrado Altura Verde, foi o branco.

E porque não te matou, perguntou ele novamente.

E ela entoou:

matou. Mas a encantaria não deu licença de passar à Pedra Que Soa. Meu ovo imaginará um guerreiro. Fiquei agora responsável por aguardar que seja capaz de me amar.

Altura Verde, abeirado muito sobre o rosto ainda aflito da feminina, prometeu:

então eu serei teu duplo. Farei desse guerreiro um gentil. Isso será bom para a mata.

E a feminina respondeu que sim. Era como o deveriam fazer.

Os guerreiros abaeté sempre escolhiam as femininas por compromisso decente. Amavam quando era certo amar. E Altura Verde amou Boa de Espanto e nasceu a partir da tristeza daquele dia uma obrigação e dessa obrigação a grata alegria de se terem juntado.

Em algumas ocasiões, ela voltava a contar como fora colhida pelo corpo pálido. De cada vez que contava, ficava com a impressão de melhor lembrar seu rosto. Pai Todo lhe explicou que era modo de o chamar. Quando tivesse nenhuma dúvida de suas feições, seu inimigo estaria diante de si, inteiro, trazido à sua cobrança pelo verdadeiríssimo direito à vingança. Então, Boa de Espanto jurava que teria sempre a coragem de lembrar. Recontaria sua humilhação a vida toda. Recontaria porque isso ensinaria até as verdadeiríssimas dúvidas a duvidarem menos e a saberem como novamente levar à mata abaeté o inimigo que teriam o orgulho de matar.

Honra abeirou o pajé e imediatamente se prostrou aos seus pés emudecido. E o pajé o deixou. O curumim rastejou para trás e para diante aos afazeres de Pai Todo que, sem palavra, seguia suas tarefas importantes, e ninguém se intrometia para saber que era de Honra naquela horizontalidade até ridícula. Subitamente, o velho sentou e tomou seu cachimbo, acendendo-o, e chefiou:

que sentes.

Honra respondeu:

sagrado Pai Todo, sou branco. Sei agora e não sei como não o via mesmo que vendo. Sou branco. E esta cor não é cicatriz, é ferida e não sara. O inimigo parasita em mim para sempre. Sou uma possessão. Um espírito baixado sobre minha dignidade abaeté. Sou um bicho como nenhum outro da mata. Um inimigo menos semelhante. Um excremento do branco no ventre de minha mãe. Sou a morte, sagrado Pai Todo, eu sou a morte. Minha transparência terminou há muito e sou deixado no igarapé para continuar distraído, mas não existe mais distracção para minhas evidências porque eu sou evidente. Não necessito sequer de ver meu rosto, basta qualquer nico de meus dedos, qualquer nico de qualquer parte de meu corpo. Tenho essa cor grotesca do inimigo que vive no exterior de nossa Divindade. Tenho essa prova grotesca de ser metade inimigo e de me ofender a mim mesmo, que sei da pureza de nossa comunidade e sonhei com o esplendor de crescer para essa pureza. Entendo agora minha fúria que me avisava tão antes de meus olhos enxergarem isto que fica diante de todos. Sagrado Pai Todo, o que poderei ser eu. Como matarei de mim o que me invade, esta metade intrusa, que recuso. Eu recuso maturar esta brancura feia. Que feminina se deitará com este corpo. Que feminina suportará que seu ventre perpetue esta ocupação, esta sujidade de minha cor, a sujidade de meu sangue. E como ocuparia eu, agora consciente, o corpo de um filho quando chegasse a hora de o saber fazer, de o ter de fazer. Como poderia oferecer-lhe a mesma maldade. Que propósito sobra para um guerreiro horrendo como eu. Que propósito senão o de matar até morrer também. Se sou uma ocupação, serei tornado vazio quando me secar a última gota de sangue. Sagrado Pai Todo, que grau de tristeza se declara para o que sinto. Suplico-lhe, que grau de tristeza se declara para o que sinto.

O santo mais perguntou:
assim sabes.
O feio respondeu:
este é o paladar da minha palavra. Minha palavra Honra.
Pai Todo chefiou:
conversa mais sobre o paladar da tua palavra.
O feio entoou:
o ódio não é abaeté. Talvez eu não seja abaeté.
O santo bateu-lhe a cara e chefiou:
cantarás nossas canções em torno da cabeça que ainda espera, cantarás por amor ao novo irmão. Deixarás que as escute, entregando-lhe seus mistérios e sua alegria. Depois, levaremos Lonjura Serena ao escondido da terra e ele estará pronto e grato para a eternidade. Assim farás, gentil. Procura amansar teus pensamentos porque são os únicos que

te valerão a pena. Honra, canta. Honra, canta nossas mais belas e sapientes canções. Isso acalmará a tua presença intrusa. Usa a flauta, toca. Faz a alegria que te compete e alegra-te. O teu propósito é demasiado importante. Estaremos todos prontos para o conhecer.

E Honra tomou a flauta, o osso longo de algum inimigo anterior, e, estremecendo de olhar faiscado, entoou:

sempre que os meus lábios se aproximam dos ossos aperfeiçoados para o som, mais me apetece morder, roer como as estúpidas cutias, para que não sobre nada. Sagrado Pai Todo, se eu pudesse, roeria os ossos e os espíritos inimigos, faria com que fossem desfeitos por meus dentes furiosos e até serem incapazes de encontrar o sopro vocabular do vento, o caminho da encantaria, a robustez infinita da Pedra Que Soa. Seriam uma poeira irreconhecível a sair-me da boca, iguais a palavras repugnantes que jamais se poderiam voltar a entoar. Algumas palavras deveriam morrer quando fossem entoadas, para deixarem de poder abrigar sob sua graça aquilo que nos ofende. Alguns nomes deveriam matar, para deixarem de lembrar quem nos ofendeu. Seríamos livres, sagrado Pai Todo, seríamos livres porque, nem querendo muito, saberíamos como recuperar aquela lembrança e assim para sempre.

Pai Todo lhe bateu de novo. O rosto descido do curumim não podia paz alguma, mas o gesto do grande pajé era obrigação de domínio. Honra consumava sua pequenez animal e aninhou. Pediu perdão e o homem santo voltou a chefiar:

canta. Entrega nossas mais belas canções a teu novo irmão, deixa que saiba seus conhecimentos e mistérios e abriga-o na nossa morte. Na nossa verdadeiríssima morte. Entoa seu nome. Honra, entoa a fala de abrigo.

E Honra entoou:

Lonjura Serena, nossas ilhas, nossos igarapés e três mares, nossa memória e alegria, todos os bichos e todas as originalidades te celebrem com a sacralização eterna e a paz, e teu espírito esteja aninhado no coro da Pedra Que Soa até que regresse na promessa do osso do relâmpago.

Para melhor dominar o incauto de Honra, Pai Todo novamente lhe bateu o rosto e olhou. O animal do curumim ficou rente ao chão e esperou. Pediu perdão. Depois, tomou a flauta com cuidado e foi cantar.

Pela mata, sozinho, o feio entregava seu nome às árvores e às águas. Entoava:

Honra.

E ficava reparando como pousava de sua voz.

Às conversas com o órgão vital, ao verdadeiríssimo ouvido, o guerreiro branco procurava um modo de cindir seu ser em dois. Depois, a metade abaeté poderia matar a metade intrusa e sarar. Às carobas mais garridas, abraçado até, o feio prometia:

brotarei novos braços, novo peito, coração ou olhos, se a metade inimiga for aí e meus braços, meu peito, coração ou olhos precisarem de ser arrancados e mortos. Eu brotarei cada bocado do corpo onde esteja meu inimigo que seja levado para sempre de mim. Nem que brote braços pequenos, um palmo de peito, um resto de coração ou olhos ínfimos de mosquito.

Eu bastarei de qualquer jeito, desde que me salve de ser também inimigo e arriscar obedecer à sua cultura avessa. Posso ser menor, ridículo, mas vermelho. Para que uma cutia valha mais do que uma onça basta que a cutia pense mais do que uma onça. A mata também é uma velocidade interior. Corre por dentro. Eu sei que ela corre por dentro.

    As carobas não o negariam. Os guarás levantaram em bando. Eram fogos sob as copas e depois sobre as copas e depois acendendo por sobre os mares até ao fim do mundo inteiro.

CAPÍTULO TRÊS
Os graus da tristeza

Eram sete os graus da tristeza.

Primeiro, Pai Todo entoava a queda da pluma. Respeitava ao insulto e ao esquecimento.

Segundo, Pai Todo entoava o abandono dos ninhos. Respeitava aos que ficavam perdidos com dificuldade em regressar às aldeias.

Terceiro, Pai Todo entoava a pata partida. Respeitava aos enfermos e feridos, aos que sangravam e expunham os ossos.

Quarto, Pai Todo entoava o olho furado. Respeitava aos que encantavam.

Quinto, Pai Todo entoava o ramo de luar. Respeitava aos capturados para glória da encantaria do inimigo.

Sexto, Pai Todo entoava o sem voo. Respeitava ao desagrado dos ancestrais, o alvoroço indignado do coro da Pedra Que Soa.

Sétimo, Pai Todo entoava o fim do sonho. Respeitava ao que ofendia à Verdadeiríssima Divindade. Agressão ou recusa. Sua fúria sobre quem soa e sobre as matas, as maravilhas líquidas e os bichos.

O curumim havia tocado e cantado as mais belas melodias e fizera um esforço para ser generoso, queria que obedecer fosse mais importante do que sentir. Seu desajuste com a sensatez da comunidade era fundamental conter. E Honra assim fez.

Cantei a aurora, a cobra amistosa, o tempo de três sóis, a tocaia alegre, a fertilidade sem temor, as chuvas afinadas, o tucano cego, a pedra desperta, o fumo interior. Eu cantei. Bem ali no lugar onde a cabeça do novo irmão desceu. Não parei. Eu continuei sempre e estive longamente, sagrado Pai Todo, eu estive longamente e toquei a flauta e foi um som alegre o que se escutou. A mata conhece e entende. Foi um canto alegre.

O santo perguntou:
como te serviu essa tarefa.
Honra respondeu:
eu sinto.
Quantas estações quentes tens tu. Perguntou depois o velho.
O curumim entoou:
treze. Estou tarde.
Estava demasiado tarde. Às treze estações quentes já havia muito que deveria ter sido recuperado da educação pelo igarapé pequeno. A candura dos que lá permaneciam nem seria de boa companhia. Era imperioso que maturasse noutros interesses e já deveria pedir ao corpo maior força e conhecer as femininas para sanar folias. Honra sofria demasiado com a solidão e pressupunha que seria desacompanhado à custa de sua condição repugnante. Mexia no corpo entre a mata e afugentava-se de ser percebido. Nem queria explicar-se a ninguém porque rodeava de curumins bastante mais novos

e suas transparências eram de urgências desiguais. Não havia significado para os mais novos no que ele vinha descobrindo. Julgava que a pressa de guerrear também era razão para aquele desassossego. Talvez quando pudesse abater o inimigo se reduzisse nas mexidas do corpo e dormisse com a mesma profunda paciência com que dormiam os que acabavam de partir o ovo.

Pai Todo entoou:

não busques o grau da tristeza porque mais concreto é ser uma dor e ela vir da fúria que faz guerra e não faz amuo. Não és triste, Honra, és zangado. Mas a zanga é fora da normalidade e não te posso entoar seu grau, seria verdadeiríssima ofensa. Apazigua-te na normalidade. Enfurece apenas quando for necessária a defesa. Então, deves crescer para fera e ferir.

Honra respondeu:

sinto.

E caiu um pouco mais sobre si, em sinal da paz possível. Em sinal de quem voltaria a esperar. O tardio explicou que o levariam para esforços guerreiros. Poderia despedir-se dos transparentes no igarapé. Depois, a comunidade haveria de lhe agradecer o apoio na sobrevivência complexa, na construção contínua da segurança e do juízo, o inesgotável labor opaco. O santo afeiçoou o curumim, entoando:

tens o nosso amor, Honra, e por teu sofrimento as aldeias haverão de chorar. Intui também a abundância de aqui estarmos, e levanta agora teus olhos à coragem.

E o pequeno corpo levantou os olhos à coragem, um pouco enternecido e grato.

*

A comunidade era de duas aldeias, uma subida e outra litoral, num todo de dois mil e vinte e um que soam, divididos por mil seiscentos e vinte e sete opacos e trezentos e noventa e quatro transparentes. Dois mil e dezanove que soam eram aptos à lucidez e apenas dois entregues à emoção, um guerreiro mais velho, a quem chamaram Nada Bom, e uma feminina mais jovem, a quem chamaram Nada Azul. Em todos, era vibrante o entusiasmo. Ser abaeté resultava em graça.

Estavam as malocas ali situadas para antes da memória, as subidas e as do litoral. As ilhas e três mares vinham de palavras antigas e sempre se renovavam as vedações no perímetro conhecido, fixo por uma inteligência com que os ancestrais haviam abençoado a comunidade. Ali era a terra dos abaeté, erguida na mata densa que espiava o tremendo animal líquido, circunscrição exuberante onde por bênção incidia o cuidado da Verdadeiríssima Divindade. Ali, no órgão vital onde o começo conservava seu sentido.

As aldeias, recolhidas dentro de suas cercas, alumiavam o início da noite, seus fumos suavam da terra e da vegetação que os emaranhava no sopro vocabular do vento. Os opacos passavam seus cachimbos e incitavam os curumins e as curatãs a aprender novas danças e a cantar novas canções que espalhariam pelo terreiro. Aqueles que soam estavam ali desde que a divindade dissera seus nomes. Deitaram corpo do som e pousaram um pé e depois outro e caminharam. Foram inventados para aquele lugar pelo tamanho de uma eternidade. À chegada da noite, guardados pelos guerreiros que não dormiam e que escutavam qualquer ameaça de tocaia, as aldeias depuravam os rituais, pedindo paz e pedindo a morte do inimigo branco, esse múltiplo que se abeirava grotesco com cada vez maior frequência, troando seu maligno grito de ferro. Alumiavam à noite, os insectos afastavam e abriam o ar limpo que deixava de incomodar suas peles, e a paz era profundamente sentida. Então, as aldeias comoviam-se. Muitos adormeciam à lua, sem se acudirem pelo coberto das malocas. Adormeciam na amplitude em que ficavam as ilhas, os três mares, o céu inteiro, as estrelas vivas, a lua que meditava.

Honra ficou pelo chão, exausto mais de sentir do que de fazer alguma coisa. Não adormeceu imediatamente. Comparou a tristeza à dor e a dor à fúria. Comparou a tristeza à fúria e entendeu a diferença. Gostava da noite em que o corpo imergia na escuridão e se apagava como as fogueiras, perdendo garra. Não era mais necessária a garra. A escuridão apaziguava sua pele. Para apaziguar sua pele, a mãe lhe tinha feito todos os tratamentos e pedidos. Por um tempo, Honra mesmo se convenceu de sofrer de alguma enfermidade que curaria pela generosidade de alguma erva, como muito haveria de merecer. Tantos banhos e pigmentos, tantos fumos e sucos, tantas patas de aranha, beijos de peixe, raspa de pau, e nada. Sua pele embrancava até embrancar muito demasiado. O seu cabelo também e ainda pior. Havia alguma coisa queimando no cabelo. Um capim seco que virava amarelo na ponta, podre. Entoava:

sagrada mãe, meu cabelo está podre. Apodrece nas pontas muito diferente dos cabelos de outros curumins, que os sabem aumentar negros até ao fim de sua extensão. Sagrada mãe,
perguntava o feio,
cabelo é discurso como a voz. Ele importa, será modo de a cabeça significar alguma coisa.

Boa de Espanto, encurtando o cabelo do filho, garantia que não. Era acontecimento sem preponderância. E, tão pouco podre, saía sem dificuldade. Limpava num corte.

Melhor que fosse sempre noite. O curumim pensava assim. Melhor que fosse sempre noite e seu corpo inteiro existisse nessa intensa escuridão onde a pele perdesse rigor e significado. Se pudesse desejar ser quem não era, Honra desejava ser confundido com tudo quanto era difícil de ver.

No sol seguinte, Pai Todo chefiou que as femininas tomassem decisão acerca de deitar com Honra. Estava recuperado do igarapé pequeno, educado para lá do que fora obrigação, ia com treze estações quentes e mexia no corpo sozinho. Entre todas as femininas, tão gentis as que os abaeté tinham, alguma haveria de fazer gosto no curumim que se complexificava. Assim acreditava o santo, e assim expôs o corpo daquele que se abeirava de ser guerreiro e todas foram considerar como lhe eram os baixios e as brancuras. Em tantas ocasiões haveriam de ter sido vistos, que aos transparentes não se pedia demasiado pudor. Mas havia muito que Honra se defendera de ser tão declarado. Por se mexer no corpo, era mais ajuizado que o cobrisse um pouco, cuidando de disfarçar surpresas súbitas que os músculos quisessem inventar a partir de ideias descontroladas que se tornavam frequentes. As femininas, gentis assim mesmo, entreolharam-se, algumas até riram nervosas, como se lhes parecesse uma anedota, e ninguém se pôs em pressas para avisar na aldeia subida aquilo que o pajé chefiava na aldeia litoral. Era algo a que desobedeciam como se a sensatez fosse desobedecer. E o santo vociferou. Os que soam voltaram às suas tarefas e, de entre todos, as femininas foram passando palavras breves à cata da notícia de alguma solução, que não havia.

Quando o santo pediu a resposta, uma a uma, todas as femininas entoaram que não. Nenhuma mexeria no corpo do feio, o corpo ocupado. Não o usariam para a fertilidade, nem queriam pensar na folia. Seria torto com os filhos, seria torto com a mata. Verdadeirissimamente. Algumas entoaram seguras, sem mesmo temerem a lição ancestral. Outras, mais submissas, entoaram lamentando-se. Lamentavam o medo e o asco. E Honra pôde ouvir muito bem como se expressavam, mais destemidas ou mais atrapalhadas, todas igualmente recusando qualquer beira dele, para não se enojarem de sua repugnância. O feio cobriu-se e, sempre mudo, desceu do coto da figueira e caminhou para junto de Altura Verde, que havia jurado levá-lo ao areal ao trabalho nas pirogas.

Nas pirogas, o grande guerreiro Pé de Urutago era semelhante a uma árvore capaz de pernas e braços, capaz de palavras. Escavava os troncos duas vezes mais rápido, nadava três vezes mais rápido, subia dez vezes mais rápido. Se batesse a mão num animal, o acabava. Se batesse a mão num que soa, o encantava. Seu nome fora intuído para que tivesse pés de pouso no relâmpago. Sabia desde sempre. Sua missão era escalar o clarão e tomar em suas mãos o próprio osso do relâmpago. Diante dele, Honra era mínimo e talvez ninguém. Apoucou sua voz e escavou na outra ponta para que não reparassem como arranhava quase nada a madeira. Seu ruído era o do bicho que afia a garra e não daquele que sequer abate um galho na mata. Altura Verde o entendia. Procurava dar-lhe tempo, porque seus músculos haveriam de aumentar e brevemente seria um guerreiro comum. Haveria de diferir pelo desorientado de sua intrusão, essa pele maldita, mas não pelo tamanho do corpo. Àquele sol, sem parar, o trabalho abundava e Honra ainda lembrava a alegria que Pai Todo acabara de lhe ensinar.

No ondulado do tremendo animal líquido, o primeiro mar, o curumim por vezes reparava em como as pequenas cintilações se acendiam mais fortes. Alguma promessa de maior clarão existia. Honra intuía que algo prometia. Sentiu. Altura Verde lhe perguntou:

estás bem.

E ele respondeu:

sinto.

No temporal das três ilhas, tão tremendo temporal frequente, tantas vezes o clarão do relâmpago era ao longe, demasiado longe, num lugar onde pudessem haver ossos de luz deitados ao chão sem ninguém para os colher. O fogo riscado pelos céus, entre tanta chuva, tanto tormentoso vento, haveria de um dia abeirar a mão de Pé de Urutago e ele se levantaria com a perfeição prometida.

O guerreiro branco voltou a entoar:

sinto.

Era a sua gratidão. Sabia desde sempre que ser condecorado com a opacidade não lhe traria a oportunidade de uma feminina. Que ingénuo seria esperar que seu aspecto ascoroso lhe desse direito de ser amado.

CAPÍTULO QUATRO
Mais abeira o branco

Boa de Espanto sentou e pediu que Altura Verde escutasse: lembro quase nada. Eu deveria estar em tarefas, certamente fui ao longe para recados. Não sei. Não sei onde estaria. Sei que voltei como se caminhasse demasiado porque sentia muita dor e talvez qualquer percurso me fosse já distante por tanto penar. Atormentou meu espírito aquela brancura, eu não podia ver bem seu rosto, mas a pressa de seu corpo sobre o meu era feita da pele luminosa como se eu agarrasse um pouco de sol e ele não queimasse mas ferisse minha carne toda. Cortava. Não consigo lembrar se o avistei e tentei fugir. Se me colheu de traição. Eu lembro de estar sobre as folhas e havia talvez uma pedra com a qual me bateu. Julguei que tomasse meus ossos. Nem era para usar meu corpo por folia e ferir um filho em mim, eu julguei que ele estivesse cortando para tomar meus ossos.

Altura Verde respondeu:

o teu inimigo mais abeirou. Tua lembrança abeira o inimigo. Ele vai ser encontrado pela mata e nosso povo vai caçar. Quando tombar, o educaremos. Será inteiro na alegria abaeté. Não haverá mais sofrimento. Entoa de novo. Entoa de novo, sagrada Boa de Espanto.

E a feminina entoou:

tinha sede ou acabara de beber. Havia água, talvez estivesse perto do igarapé, mas não escutava nada porque eu só escutava como algo quebrava sob mim e temia que fosse eu própria. Eu entendi que o animal entrava no meu corpo. Entendi. Mas havia sangue, eu devo ter adormecido na dor porque creio que o sangue me surpreendeu ou assustou. Ele era calado. Coberto de seu entrançado fino. O branco é uma fera que sabe ser silente. E meu berro passava sem eco por seu vazio. Eu sinto que berrei. Porque depois eu quis calar também. Morrer forte. E era sempre tudo muito claro. Eu continuo a ver apenas um corpo de luz pesando sobre mim e essa impressão de algo quebrar. Podia ser osso, mas eu não quebrei osso, sagrado Altura Verde, tu sabes. Eu voltei de esqueleto inteiro. Estou inteira de cada pedaço. Talvez quebrasse algum galho no chão. Deve ter enchido minha boca de folhas ou de terra porque eu sinto sempre nojo. Eu sinto haver comido porcaria e talvez por isso tenha calado também. Eu não sei. E sinto que morri. Sagrado Altura Verde, eu inteira morri. Não devo ter levantado. Fui levantada. Algum espírito me obrigou a caminhar de volta e eu não sei que espírito foi.

Altura Verde respondeu:

o teu inimigo mais abeirou. Tua lembrança abeira o inimigo. Ele vai ser encontrado pela mata e nosso povo vai caçar. Quando tombar, o educaremos. Será inteiro na alegria abaeté. Não haverá mais sofrimento. Entoa de novo. Entoa de novo, sagrada Boa de Espanto.

E a feminina entoou:
alguma coisa estava molhada. Talvez eu levasse água, talvez estivesse de mão mergulhada no igarapé. Quando despertei com o inimigo sobre meu corpo, eu pensei em água ou na vontade de beber. E agora acredito que tivesse tentado nadar, dissolver no curso, descendo. Ele agarrou minhas mãos, porque ainda me sabem suas presas aqui, comprimindo de encontro ao chão, afundando quase como se plantasse meus pulsos. Ele bateu muito, mas eu julgo que foi depois de amainar. Teve sua folia, amainou e bateu. Deve ter usado um galho que quebrou de algum tronco caído porque eu lembro de quebrar alguma coisa. Estava sempre quebrando alguma coisa. O ruído era o da mata morrendo junto.
Altura Verde perguntou:
e como era o inimigo, sagrada Boa de Espanto. Como era.
A feminina respondeu:
branco. Eu vi bem que era branco. Tinha dentes. Muitos dentes. Talvez estivesse sorrindo enquanto se apressava. Talvez mordesse. Ou talvez beijasse. Sujava minha boca com a sua boca. Ia devorar meu interior. Por isso, calei. Certamente foi assim. Eu vi menos seu rosto porque eu virei a cabeça para o chão de jeito a que não entrasse sua língua na minha. O animal mordia. E eu queria água para lavar seu gosto, o cheiro fétido. Fedia. Era uma luz que fedia. E olhava para o chão e alguns galhos ficavam ali e minha mão feria porque era esmagada contra os galhos. Eu cortei muito. Ainda antes que ele amainasse e batesse, eu já cortava. A pele abria e sentia que a carne deitava cada osso ao chão. Ou era meu medo. Devia

ser meu medo, porque voltei cortada mas inteira. Doía muito, ainda sinto que dói. Eu queria soltar minha mão. Não sei se soltei. Perdi a força. Era forte para calar, não era forte para mais nada. E o peito dele começou a cobrir meu rosto. Era outras vezes o meu tamanho. Mas eu vi bem que era branco. O inimigo branco.

Altura Verde perguntou:

conta como viste.

A feminina respondeu:

era nos meus olhos. Tão claro que parecia imenso por ser indistinto da luz vinda do céu. Ou seriam seus olhos grandes metidos nos meus em pânico. Os olhos podem ser claros, sagrado Altura Verde. Tu crês que eles podem ser apenas um verde tímido num vazio. Eu julgo que era o tamanho dele, vazio. A amplitude de tudo quanto não há. Talvez por isso não possa lembrar do seu rosto. Jamais o poderei lembrar. O tamanho do inimigo branco era vazio. Como se fosse tão covarde que nem ali estivesse enquanto me atacava.

Altura Verde respondeu:

o teu inimigo mais abeirou. Tua lembrança abeira o inimigo. Ele vai ser encontrado pela mata e nosso povo vai caçar. Quando tombar, o educaremos. Será inteiro na alegria abaeté. Não haverá mais sofrimento.

CAPÍTULO CINCO
O osso do relâmpago

Eram incontáveis os guerreiros que haviam sido intuídos para voar. Antes de Pé de Urutago, a memória registava as glórias de Caiboaté Alado, Sentimento de Vento, Asa de Avaré, Voz de Ar, Arara Universal, Sorriso Subido, entre outros. Todos foram nascidos para a profecia de tomarem em mãos o osso do relâmpago e inaugurarem o tempo prometido. Subitamente petrificado, como bocado de água seca que cintilasse em luz própria, o osso do relâmpago seria erguido ao centro das ilhas e incidiria sobre toda a mata enquanto garantia da luz eterna e da paz. Era pensado que a Verdadeiríssima Divindade deitaria sobre o osso a própria carne e haveria de caminhar ela mesma entre a criação com generosidade e infinito esclarecimento. Nenhum inimigo teria como abeirar com seus intentos terríveis. A ancestralidade intuíra mil vezes como verdadeirissimamente estava previsto que, algum instante, um guerreiro escolhido subiria numa velocidade inigualável o clarão breve e temperamental e desceria empunhando-o como um novo deus.

Um deus só ocorre para os que necessitam. Deuses são por mérito dos que não desistem.

*

No princípio, havia apenas a meditação do silêncio. Na presença do silêncio tudo era vazio e nada necessitava. Depois, o ruído aconteceu e isso só podia diante do espaço. A materna pedra do fundo estendeu e permitiu ser ocupada. Aí, nasceu a imaginação.

A Divindade imaginou e tudo quanto quis se tornou mais do que verdadeiro e imaginar é movimento. O movimento criou o grão ainda poeira. A Divindade comoveu e imaginou o pranto que desceu como infinito, eterno e tremendo animal líquido, resfolegando continuamente. Seu pranto homenageia as coisas boas e as coisas são boas.

Até ao quarto mar são as ilhas abaeté, o órgão vital onde o começo conserva seu sentido, sua raiz. A Divindade entoou:

abaeté.

O primeiro habitou o nome. Desde então que cada um é coágulo de seu nome. Cada coisa é coágulo da palavra.

A história é a biografia da Divindade. Palavra longa que alonga.

Aqueles que soam criam com a Divindade e são dela e para ela. Serão de nenhuma diferença no instante em que imaginar. Entre a Divindade e os ancestrais a diferença diminui.

A morte melhora cada um.

Os mortos têm função.

Os mortos juntam na Pedra que Soa. Sua voz é coral. Ela contém a absoluta encantaria.

A captura do nome é fortuna, uma sabedoria domesticada ou por domesticar.

As águas tomaram o lamento e no embalo couberam os mínimos e depois os peixes e as fugazes transparências.

No princípio, as decisões eram boas e todos os acordos estavam ainda possíveis.

Levantada a proibição de existir, tudo se apressou a escutar seu nome para criar seu corpo, ter espírito, entidade, vontade de também criar. Mesmo aquilo que não viveu pôde criar corpo, caber no som.

Coisas nunca vividas têm nome. São. Podem estar à espera.

Bichos diferiram pelo modo de comer e de discutir línguas, que reservam suas próprias astúcias e esconderijos, adiamentos, dissimulações e avidez.

As partes canoras apoderaram as línguas para gerir a fome de cada instante e cada coisa, para pormenorizar. Há fome até nas evidências mortas, nas que nunca viveram e têm corpo, cabem num nome e podem devorar, servem de ataque e de defesa.

A quebra do silêncio pode ser considerada vocábulo, primeiro gesto da língua. As partes canoras imitam a quebra do silêncio inicial e ajudam a criar. Entoar é criação.

Aquele que soa era bocado de cada bicho, contido na onça e na arara, no peixe e no insecto. Ele já era baixo e alto, da terra, da água e do ar, recolhido ou agigantado, belo ou inexplicável, radicava da inteira construção do mundo, nascia no mundo vindo de toda a parte.

Aquele que soa subiu e desceu de todos os animais com um pouco da memória de seus saberes e juntou num só, caminhando erguido.

Com ele, a criação clarificou o desejo e a beleza.

A beleza tornou evidente e a maior de todas surgiu no filhote de tapir.

Houve caroba e a sua cor, sua doçura e milhões de mangangavas, a guaricica, o coqueiro, a tatajuba, a maçaramduba e a salvadora andiroba, branca ou vermelha, por generosidade da terra e pelo alagado da mata.

Houve todas as árvores, tantas sem entrega de nome ainda porque suas explicações são adiadas, seus espíritos insignificantes, não têm por agora significado. Seus nomes haverão de ser língua diferida, por escutar. Resultam em sombra. De todo o modo, resultam em sombra e a sombra é boa.

A morte é ofício e foi dito que a morte tem função. Aquele que soa repetiu e aprendeu que também existe uma natureza escondida por dentro.

As ilhas são a terra mutilada, ferimento na mordedura do tremendo animal líquido onde se pesca e navega piroga.

Por dentro há sagrado e proibido. O vazio de piroga é um interior. Muito interior é vazio.

As femininas cantaram primeiro.

A língua voltou das femininas com jeito de juízo e de flor e aprendeu sua bênção. Nas canções são guardados os ensinamentos. Cantar é lembrar, saber e fazer vida.

Aves escutam as femininas para melhorar. Aves escutam os guerreiros para temer.

As aldeias trabalharam até que as plantas fossem domesticadas, ensinadas a crescer do abrigo da semente exactamente no lugar onde deitadas. Elas foram agraciadas e apartadas dos atributos inférteis da mata.

A natureza aprisionou árvores inteiras na imaginação de uma semente.

A água inaugura a semente.

Aqueles que soam levam água às dos melhores frutos e isso promete matar a fome.

Tudo o que sagra se expõe ao sol ou busca o pouco de fogo.

Bichos que vivem enterrados são imaturos. São raízes de bichos, bichos adiados.

Foi a morte de uma onça que fez o sol. Era importante que a criação visse e do sangue intenso da onça acendeu. O brilho é modo de a Divindade olhar. Tudo pode brilhar, nem que por um instante, sem se dar conta. E outro sangue pode chegar ao sol, que não devora, apenas refulge.

Despertar é puro. O instante seguinte é corrupção. Antes de relembradas as emoções, todos os que soam são iguais, abençoados pela limpidez. As emoções propõem a alegria e o perigo.

A obrigação de agradecimento acontece no pranto. Por ser essencial, o pajé chefia à aldeia que chore, e a aldeia chora.

Todas as curas estão prometidas no osso do relâmpago. Quando houver de ser admitido à mão de um guerreiro, a Divindade poderá mostrar seu corpo rigoroso e caminhar entre os que soam, entoando graças em cada alegria, e tudo será alegria e sem mais perigo. Tudo será sem inimigo. A intensa iluminação eterna haverá de educar os vivos bem antes de só poderem ser educados quando mortos.

E os vivos serão só esplendor e farão esplendor e o esplendor terá o tamanho de toda a normalidade.

A Verdadeiríssima Divindade assim o educa desde que os abaeté foram por primeira vez entoados.

Basta olhar a mata para aprender como é culta. A mata é boa.

Honra prosseguiu com seus humildes golpes no tronco que se feria sem sobressalto e espiava como Pé de Urutago aparentava ser mais do que apenas um. No seu temor peculiar, Honra pensava que se a nova era houvesse de chegar lhe curaria a cor e o sangue. Faria dele um abaeté inteiro e sem mácula. Então, pensou que queria ser o primeiro galho onde o corpo inteiro de Pé de Urutago teria de pisar para subir ao clarão. O curumim sentiu que seria para aquele guerreiro o servo perfeito, o lugar de partir para a verticalidade imensa que se desferia nos céus em alturas da tempestade. Nem que o pé a pisar-lhe as costas abrisse a pele, quebrasse o interior, mudasse sua robustez. À glória do osso de relâmpago descido ao meio das ilhas haveria de corresponder apenas sapiência e nenhuma dor. Honra imaginou para criar. Bateu a piroga mais e com mais vigor e desejou ansiosamente que chegassem as tempestades. Sabia da limpeza azul sobre sua cabeça, mas poderia suplicar que tudo mudasse. Poderia suplicar que o mundo inteiro instalasse o desafio desmesurado que se prometera ao guerreiro nascido para voar. Quando Altura Verde o notou batendo com mais força, sentiu orgulho. Julgava ele que o filho aprendia sozinho a maravilha de começar, com aquele gesto, a navegação.

Escavava o tronco e, com aquele gesto, começava a navegação. A comunidade alegrava, como tão importante era que se alegrasse.

Honra, mestiço na alegria também, ainda zangava e parecia-lhe bem zangar-se. Parecia-lhe justo. E sempre o tremendo animal líquido cintilava e o curumim guardava a impressão de que um clarão inteiro de relâmpago se levantaria dali para estar à mercê da glória do que soa para voar. Honra pensava: levanta, sagrado relâmpago, levanta junto da mão de Pé de Urutago, junto de minha cor por curar de vez por todas.

Pequenos bocados de madeira eram atirados a boiar para divertirem os guerreiros. Navegavam de volta, quase todos atracando no areal onde revolviam imprestáveis e sem pescadores. Eram inúteis. Faziam de brinquedo. E o primeiro mar todo seguia incansável, tratando os brinquedos com a mesma chefia com que flutuariam as pirogas de verdade. Pé de Urutago o explicava, que a abundância das ilhas e dos três mares bastava até para o que servia de nada. O tremendo animal líquido nem se importaria com ser usado para tarefa nenhuma, nem pela fome nem pela guerra. A ampla generosidade da natureza era sagrada. O grande guerreiro chamava atenção para o tempo de divertir para que a diversão fosse grata e nenhum esquecesse a obrigação alegre de agradecer. Honra, olhando os pedaços disformes de madeira que o primeiro mar pacientemente devolvia, pensava que a natureza haveria de criar o relâmpago nem que por paciência, sem sequer muito estar prevenida para entregar o osso de luz à mão do guerreiro escolhido. De alguma forma, considerava o guerreiro de corpo ocupado, a natureza haveria de poder ser incentivada aos clarões para que os clarões houvessem de ser imediatamente caçados. Igual a chamar as feras que atendiam por um assobio. Haveriam de assobiar aos clarões até que eles chegassem e se deixassem caçar para ser tudo ao tamanho do que está certo.

CAPÍTULO SEIS
Um pouco de cobra

A normalidade era mestiça entre aqueles que soam e os bichos. Quando tudo ainda estabelecia seus primeiros acordos, para medrarem e sobreviverem até suas maiores sortes e dignidades, todas as coisas dialogaram e dependeram de muitas misturas ou afastamentos. Eram recentes as últimas fecundações entre os que soam e os bichos, e ainda corria boato de temíveis ou ternas tentações. Por muito tempo e juízo, na intuição avisada, tantas femininas foram duplas de feras. Entregavam-se as filhas mais fecundas aos grandes predadores de modo a fazer paz, criar família e proteger a comunidade. As aldeias mantiveram sua prosperidade e novos curumins e curatãs foram sonhados devido à sensatez dessa valentia. Negociadas com as feras, depositadas nos mistérios dos predadores, as sedutoras femininas copulavam e ofereciam muita graça à cultura dos bichos. Por vezes, algumas podiam regressar, enviuvadas ou imprestáveis, com suas descendências repostas nas aldeias diante do aspecto abaeté. As maiores mestiçagens houve com seres canoros. Os abaeté são ansiedade de canto. A comunidade inteira é maturação disso.

Não fora a domesticação das plantas, a abundância da caça, o cheio dos mares, talvez houvesse necessidade de regressar aos acordos bravos com os bichos mais ferozes, cedendo as femininas às suas culturas, mensageiras da paz. Extasiadas com suas duplas femininas, as feras, como onça, tatu, coatá, tucano, jacaré, cobra ou maiores aranhas, suavizavam os modos de suas próprias aldeias. Levavam notícia de amizade com aqueles que soam e períodos longos de bonança se espalhavam pelas ilhas. Em algumas ocasiões, como sempre se contava, as femininas também partiam por compaixão ou fascínio. Eram honrosas suas vontades. Entoados os seus nomes nos rituais, maravilhavam na encantaria para sempre. Como Manhã de Chuva, que vivia sentindo pressa e pediu para partir com um caititu, por mais que um caititu nem fosse ameaça à aldeia e não tivesse particular gentileza às sensibilidades dos que soam. Outras femininas rogaram que se acordasse por outro, uma fera mais intensa ou fascinante, talvez um boto, mas ela respondia que se apoucava de chuva, era tentada pela partida e estava convencida daquela atracção. Quando partiu, a aldeia sentiu orgulho por que fizesse sentimento tão forte. Quando voltou, numa sobra de vida, encantou logo depois, entoando que fora feliz. O quase nada de ter ido fora bastante. Valera muito. Desde então, para intuir um duplo, os pajés escutam no coral o timbre de Manhã de Chuva que passa afinado numa doçura sempre certa. Pai Todo assim o fez quando abençoou que Boa de Espanto fosse dupla de Altura Verde. Foi Manhã de Chuva quem no coral indicou o apoio da encantaria.

Nas primeiras noites, quando a feminina se mudara para a maloca grande onde Altura Verde tinha chão, eram os dois estendidos igual a galhos enxutos sem movimento.

Depois, como vegetação que parasita o galho caído, germinavam. Fremiam muito lento, mais tarde com outra intensidade. Então, moveram-se por completo e foi Altura Verde quem mexeu na feminina que, igual a sentir dor, gemeu. Mas sentira dor nenhuma senão, prazer.

Quando Honra eclodiu, seu nascimento libertou o corpo de Boa de Espanto e mais se mexeram nas noites e tudo se assemelhava à normalidade dos comuns. O corpo liberto de Boa de Espanto era belo e essa beleza era apreciada e havia muita gratidão entre um e outro, que viram o curumim crescer como quem o procurava anoitecer, mas ele apenas amanhecia. Apenas horrivelmente amanhecia.

Assim, Boa de Espanto confessou a Honra que ela mesma era um pouco de cobra. Talvez por isso seu corpo fosse tão sensual, tão belo entre os corpos todos das femininas. Queria convencer o filho de que também ela, mestiça, encontrara sentido e cabia na comunidade sem perder-se de ser abaeté. E Honra respondeu:

não sinto.

Estava rigorosamente nada convencido de que suas mestiçagens fossem de mesma dignidade. Para amigar as feras, se deram femininas de duplas por ser necessário. Já seu caso era distinto. Houvera nenhum acordo, senão violência. E fizera-se paz nenhuma. Criou maior fúria. Uma promessa de maior matança. Honra entoou que seu desejo era o de reconhecer o rosto branco por comparação com sua própria imagem. Se pais e filhos aproximam as feições, são imaginações cercanas, uma tendência de uma mesma coisa, podia ser que de entre todos os brancos que vivessem ele pudesse inequivocamente saber quem o feriu no ventre de sua mãe. E assim o escolher para a morte.

Quantos brancos podem haver, sagrada mãe.

Honra perguntou.

Boa de Espanto entoou:

muitos. Sagrada Lua Interior confia que mais de mil guerreiros. Alguns mais que os guerreiros abaeté. Mas estarão longe por maior terra, escorraçados das nossas ilhas e três mares, o lugar do começo e da bênção da Verdadeiríssima Divindade. Os brancos, Honra, são carniça. Caminham como mortos pelas matas. Mortos que não puderam encantar.

Eu vou encontrar o rosto de que descende o meu e vou atacar de súbito e cortar a cabeça. Trarei a cabeça mas não lhe cantarei, não dançarei nem tocarei flauta. Cobrirei sua boca de podridões e cuspirei e deitarei no lugar das piranhas que a devorem. Jamais o abrigarei. Sagrada mãe. Eu jamais o abrigarei ou lhe educarei a morte. É necessário que eu possa odiá-lo para o matar melhor. Para lhe sobreviver melhor.

Boa de Espanto entoou:

Pai Todo vai bater tua cara. Sentes torto. Entoas torto. O que será se súbito sopra o vento. Cala. Respeita a boca. Cala.

O guerreiro branco calou. Olhou a tarde quente. A comunidade absorta em suas tarefas sem qualquer angústia. Era o único abaeté em desassossego. O feio era o único abaeté em desassossego. Resolveu entoar:

obrigado, sagrada mãe. Se existirem mil guerreiros brancos, matarei mil guerreiros brancos e nunca mais uma feminina se verá ofendida do mesmo modo.

Quando anoitecia, entre os rituais dos fumos e dos cânticos, passando pelos que dançavam, Pai Todo buscou o guerreiro branco e o chefiou de o seguir. Subiram ao coto da figueira e imediatamente todos se silenciaram para escutar. O santo aguardou que se abeirassem também, e a comunidade foi sentando perto, fumando seus cachimbos importantes e curiosos. Então, o pajé explicou:

é ofício abaeté amar Honra. Sua transparência termina. Honra é tarde. Honra é guerreiro.

Assim o condecorou com a opacidade.

As femininas entreolharam-se inquietas e Altura Verde apertou Boa de Espanto num abraço orgulhoso e melhor escutou. Pai Todo entoou:

conheci que todos nossos mortos amam Honra e nos obrigam a amar também. E conheci que ele será ensinado na língua inimiga do branco para ser mascarado de branco e trazer à nossa comunidade a informação sobre a multiplicação dessa malignidade e um ferro de matar num grito. A comunidade saberá o segredo desse grito e saberá matar igual, para proteger a verdadeiríssima vida de cada um. Este guerreiro está chamado para ser um herói. Isso comove a comunidade.

Pai Todo chefiou que a aldeia chorasse e a aldeia chorou.

*

Nessa alegria, Honra se mediu com tamanhos infinitos. Era crescido para sempre e começavam as danças em sua homenagem para legitimar sua opacidade. Não voltaria a ter de se declarar a ninguém. Tinha direito a seus segredos, seus silêncios, suas impaciências. Era agora complexo. Não valeria a pena que procurassem todos os seus motivos porque ele, chegado à idade adulta, era semelhante à Divindade, imaginava livre e estaria livre para seguir sua consciência e sensatez.

Na comoção por sua alegria, guerreiros e femininas abraçaram Honra e o levaram vezes sem conta aos corpos de seus pais, que deveriam rejeitá-lo em sinal de emancipação. E, de todas essas vezes, rejeitado, se reiterava que terminava sua submissão. Faltava apenas que entoasse o essencial. E Honra entoou:

sagrada mãe, assim lhe declaro meu amor.

E entoou:

sagrado pai, assim lhe declaro o meu amor.

Vinte passos às arrecuas, e o guerreiro branco mais entoou:

partirei um quase nada porque jamais poderei partir de tanto vos pertencer. Meus pais, meu santo, meu povo abaeté, nossa encantaria, sagrada Voz Coral, em toda a parte serei o lado, o dentro, o fora, o meio de cada um de vocês. Em cada palavra de minha boca haverá uma árvore da mata que inteira será raiz. E minha bravura é prometida desde o abraço até à morte do jacaré. Serei comovido e serei gentil. Lembrarei toda a vida e toda a vida servirei vossa guerra e vossa paz.

Fumarei por vosso espírito. Fumarei no vosso espírito. Cortarei este pouco de cabelo para explicar ao corpo que vos obedece, por sangue e por carne, por vontade e por alegria, por sensatez e por amor. Deixem-me ir. Vou para depois da transparência. Serei pleno de minhas ideias. Quando calar, sobrará apenas a palavra adulto.

    A promessa da encantaria se cumprira. O ovo de Boa de Espanto imaginara um guerreiro que fora capaz de a amar. Isso era bom para a mata. Isso era o sentido da mata. O sentido da vida.

    Depois, o guerreiro branco foi preparado para seguir o igarapé pequeno, acima para a montanha, a caminho da aldeia subida, onde dois guerreiros tardios haviam capturado a língua do branco e a mantinham sob feitiço dentro de suas bocas. Para que não houvesse de ser abatido pelo veneno daquela língua, Honra teria de começar por fechar a toca do espírito, dividir numa mágica e entoar sem ofensa da Verdadeirissima Divindade. Honra teria de aprender a entoar por desprezo, sem abrigar na palavra, sem perigar de deitar fora do corpo, numa frase que soubesse expulsar seu espírito do corpo abandonado.

    Bravo pela margem do igarapé acima, o feio sentia também escalar um clarão. Alguma coisa imensa era colocada diante de si e não queria descer jamais desse sentimento de estar progredindo para um golpe mais fundo. Progredia para a matança. Era como pensava. Que os tardios sapientes de tudo o fariam conhecer como ser guerreiro da mais justa matança.

Por cada passo dado na mata, o jovem guerreiro considerava o começo do fim da humilhação, o começo do fim do branco. Ele pensava que passariam de mais de mil vezes dez a nenhum. Até que sobrasse nenhum e depois se limpasse das bocas abaetés sua língua e depois se parasse de contar sobre sua história, até que todas as ilhas e todos os mares estivessem salvos dessa presença feroz do mal, e esse mal fosse esquecimento eterno.

Ao caminhar pela mata, o guerreiro de corpo ocupado ia sempre em direcção ao ataque. Sua natureza estava eufórica por atacar.

CAPÍTULO SETE
A língua infértil

Os guerreiros submetiam Honra a rituais de purificação para que seu corpo aceitasse sem vulnerabilidade o uso de uma língua inimiga. Era fundamental que pudesse entoar sem estar abrigado nesse discurso, para o empunhar enquanto instrumento mas nunca enquanto lugar de caber.
Honra,
diziam,
não podes caber em palavra alguma. Terás de entoar como quem liberta a onça, mas não podes seguir enquanto espírito assombrando o corpo da onça. E a palavra fará sua maldade porque está vocacionada para a maldade, mas tu terás de estar fora da palavra para que não te possam abater no instante em que ela coagular o seu significado.
O jovem guerreiro confirmava aprender. Escutava as orações dos ancestrais, pintavam sua pele, escolhia agora cada ideia e garantia que sim. Era o que queria fazer. E lentamente foram entrando as palavras brancas em sua boca e ele as foi usando confiante e com desdém. Entoava:
sabem ao sujo das piores porcarias. Palavras que sabem ao sujo das piores porcarias, como as carnes mortas há muito tempo. São palavras de animais mortos por dentro.

Os guerreiros tardios acenavam em confirmação. Assim era. Uma língua azeda que chegava a feder na boca. Era feita para muita miséria e toda a tristeza. E eles avisavam:

não medites nesta língua. Não demores nela. Usa igual à arma que se toma apenas no instante do ataque. Antes e depois disso, ignora.

E o guerreiro jurava fazer assim, mas uma língua era de verdade como um lugar onde se ia chegando, e o feio, sem dar conta, abria dentro de si um espaço que até então nunca contemplara.

Para se manter lúcido, o guerreiro jovem atarefava-se na escavação da piroga e voltava a ponderar como haveriam de fazer quando chegassem as tempestades. E foi como entoou:

quero ser teu primeiro salto. Quero ser o primeiro aviso. Eu estarei acordado estudando as nuvens e espiando a oportunidade de qualquer trovão. Se for de riscar relâmpago, eu vou saber bem antes, o suficiente para que tu já estejas no alto da maior tatajuba, perto das próprias nuvens, ali ao lado das aves mais levantadas.

E o guerreiro Pé de Urutago recebia Honra com alguma hesitação. Considerava que sua juventude, uma opacidade tão recente e ainda sem convívio com nenhuma feminina, facilmente se tornaria apenas um embaraço, uma inexperiência a que ele não se poderia dar ao luxo. Mas confirmava por gentileza. Seguia trabalhando e seguia gentil, como a isso também era obrigado.

*

Então, o guerreiro de corpo ocupado pedia licença ao tremendo animal líquido e entoava as palavras brancas, uma a uma. Deixava que se escutassem inteiras, como redondas e gordas a saírem de sua boca, oferecendo-lhes a oportunidade de se consumarem nas terras abaeté para revelarem seus poderes. Queria conhecê-las, observá-las, medir suas forças. Estava ensinado a pensar que não criavam. Muito ao contrário. As palavras brancas destruíam. E ele procurava entender se as mesmas coisas da beleza abaeté eram tornadas vis na fealdade branca. Poderia o filhote de tapir ser um bicho grotesco quando dito pela língua branca. Perguntava ele. E os guerreiros tardios lhe ensinavam o nome do tapir e Honra quase comovia de tristeza. Tão grande crueldade com o bicho dar-lhe um nome assim. Foi pela mata espiar onde havia um tapir e entoava seu nome abaeté observando a beleza. Entoava depois seu nome branco e seus olhos notavam como outra coisa poderia estar ali movendo-se. Uma coisa menos bela, ferida pela palavra mal-intencionada, uma palavra insuportável. Ele entoou:

uma língua infértil. Germina nada dentro. Desce sobre seus significados como algo que sufoca. Se dita demasiadas vezes, vai matar. Vai acabar com o ar, o sangue do vento, o invisível.

Pai Todo lhe garantiu que não poderia matar o inimigo branco por haver capturado suas palavras, seus nomes.

O branco estaria defendido por outra divindade, uma pior, perturbada, sem paz.

O primeiro mar seguia quieto em sua tarefa, cintilando seu modo de respirar e não devolvia reacção. As palavras inférteis do branco era impotentes perante a maravilha do órgão vital. O jovem guerreiro confiava que enfeitiçava a língua inimiga com mestria. Saberia enfeitiçá-la sem erro e a caminho da matança. Honra sentia estar a caminho. Cada vez que entoava, ele chegava mais perto de passar a lâmina no corpo branco que necessitava de abater.

Por se tornar adulto, o feio dormia numa maloca distinta da dos pais, era imperioso que escolhesse por juízo próprio e não fosse humilhado por nenhuma orientação piedosa. Escolhia um pouco de chão próximo de alguma feminina que tivesse vontade de cativar. Suas preocupações intensas não podiam muito contra certo fervor do corpo. Ele procurava manter toda a sobriedade, uma lucidez pela qual devia justificar sua glória de herói mais tarde, mas o corpo meditava sozinho acerca de gestos simples, como os de mexer numa feminina, sentir seu cheiro, provar seu paladar. As femininas eram frutos húmidos que ofereciam à boca dos guerreiros o melhor dos alimentos. Na sua idade, Honra deveria estar admitido à companhia de femininas mais seduzidas e também atentas às temperaturas de seus próprios corpos. Mas não havia modo de isso acontecer.

Na máscara da noite, onde seu movimento lembrava mais a vontade do que a cor, o guerreiro passava entre os que se deitavam, e chegava a seu canto sempre sozinho e à espera. Tinha vindo da mata onde se mexera para acalmar. Quando vertia o corpo para dormir, era importante estar capaz de o fazer, sem que a musculação inventasse por si mesma uma ideia de proximidade com as femininas. Quando assim acontecia, mesmo durante o sono, o guerreiro rebolava de seu canto e perigava pelo chão tão inconsciente quanto físico. Quem houvesse de estar perto lhe batia para que acordasse e recolhesse a mordedura prestes a acontecer. Aquele silêncio também era a entoação daquilo que se procurava esconder. O silêncio podia revelar. Podia ser incrivelmente falante.

Naquela noite, ainda que se tivesse mexido na mata, o corpo de Honra musculou seus baixios e impacientou seu sono. O guerreiro branco moveu e saiu pelo chão sem acordar nem ficar quieto. Seu desassossego era pelo odor em redor e ele procurava. Quando alguém sentiu sua mão num toque quase nada, bateu. Honra acordou naquele modo rastejado e envergonhou profundamente. Fugiu da maloca à míngua do brilho da lua e foi lamentar como doía sua cabeça batida e como era insuportável seu cruel adiamento.

Alguns que soam mantinham caminho pelo terreiro e o guerreiro queria deixar-se sozinho, ficar sem conversa nem distracção. Decidiu que sairia da cerca da aldeia e andaria até às areias, a espiar o vazio, a ver as pirogas deixadas para escavação. Decidiu que sairia pela noite sem maior sono, apenas à deriva porque a deriva encontrava acasos que podiam estar por ali à espera havia muito.

Na mata mais densa, desviado do chão das onças e precavido para onde assomavam os jacarés, Honra começou a caminhar mais corrido e ansioso por chegar ao areal e encarar o primeiro mar. Sabia mal porque haveria de ceder àquela pressa, não entendia, mas ficou urgente e algo parecia empurrá-lo naquela direcção. Subitamente, bem antes de avistar o tremendo animal líquido, Honra escutou um ruído de boca falante, um vocábulo, alguém que entoara por perto. O guerreiro branco deteve-se e melhorou o silêncio. Se fosse entoada nova palavra, poderia capturar seu sentido e saber talvez de quem viria, para que serviria na escuridão conspiradora da mata. E novamente escutou e era mais um gemido do que um vocábulo. Significava uma dor ou um esforço. Um som que abrigava um cansaço. Honra caminhou mais na direcção e foi suavizando seus gestos para espiar no pouco luar filtrado pelas copas quem andaria ali atarefado com que razão. Quando a mata abriu um quase nada, o guerreiro branco reconheceu a figura em dobro de Pé de Urutago que carregava pelo chão alguma coisa e imediatamente entoou:

sagrado Pé de Urutago, em que posso ajudar.

O grande guerreiro sobressaltou e respondeu:

sagrado Honra, podes ajudar regressando mudo e sem notícia à aldeia.

Mas o guerreiro branco abeirou mais e julgou que eram agora semelhantes para o conhecimento. Haveriam de debater as tarefas estranhas e colaborar, poderia interferir de maneira a dar seu contributo às graças da comunidade. Era agora opaco. Maturara. Tinha o queixo mais levantado, o espírito mais polido e estava preparado para ser responsável e brilhante. No passo que deu, imediatamente Pé de Urutago lhe vociferou:

sagrado Honra, fica onde estás. Carrego um fardo a que nossa educação me obriga por meio solitário. Tua proximidade é um perigo. Convoco chefia de Pai Todo para te pedir que fujas de mim. Afasta teu jeito curioso, tua bondade, afasta tua esperança. O que faço nesta noite é ofício que me chega desde muito antigamente, e não pode haver notícia disso. Parte, sagrado Honra, parte para tua normalidade e celebra tua paz. Preciso ir. Preciso ir.

Era tempo sem alteração. As noites vinham caindo sem conteúdo. Apenas ausência. Não se cobriam os céus, não chovia, o vento tinha sopro nenhum, as presas eram comuns e simplesmente alimentares. Os abaeté viviam para a fome, sem perigo maior do que o da fácil fome. Pescavam e caçavam. Os sóis passavam nessa bênção. Por isso, Honra soube que não poderia ser caminhada para subir ao clarão, agarrar o mudador osso do relâmpago, iniciar nova era. Não havia pressentimento de tempestade. A noite era inútil, servia o sono, era gentilmente inútil. Assim, frustrado com a severa chefia do mais velho, talvez até ofendido, Honra recuou um passo e entoou:

sagrado Pé de Urutago, quero ser teu amigo. Acredito que é tempo de chegar a grande profecia e acredito que isso será porque o branco cerca nossas terras. É tempo de a Verdadeiríssima Divindade se pronunciar. Eu sei que ela entoará e sei que minha pele é a última maldade. Estamos no limite de todas as fúrias. A própria mata se adensou. Reparaste em como se fecharam os restos de chão e tudo nasceu. Reparaste em como a mata é mais alta.

Perguntou.

Pé de Urutago, impaciente, por um resto de respeito, quis saber:

e que andas por esta distância a fazer, tão dentro da noite, vulnerável, sem caça nem guerra. O que aconteceu.

O feio, humilhado mas bravo para ser igual, opaco e corajoso, entoou:

o musculado do corpo inventa um sonambulismo grave. Rastejo pela maloca ao odor das femininas e acordo sempre batido e sem ninguém. Entardeço nesta violência. Esta noite, depois de até ter mexido no próprio corpo antes de deitar, depois de mesmo assim sonambular como um verme, senti que devia caminhar. Talvez seja propósito deste incómodo, talvez seja uma inspiração para te encontrar, sagrado Pé de Urutago, uma intuição que esteja a receber da encantaria. Não te parece, grande guerreiro. Não te parece que fui enviado para te ser útil.

No entusiasmo de entoar seu pressentimento, o guerreiro de corpo ocupado andou um pouco mais e novamente Pé de Urutago lhe vociferou:

sagrado Honra, terei de te matar se abeirares mais um passo. Afeiçoa tua vida para a aldeia. Não hesites. Afeiçoa.

O guerreiro branco, estupefacto, recuou e deitou corrida a caminho do areal. A ameaça aberrante de Pé de Urutago sobrava em seu pensamento como um absurdo que não podia descodificar. Enquanto isso, percebeu nada daquilo que ele carregava. Percebeu nada do esforço que fazia. O que fazia.

Chegado ao areal, sem saber como decidir, Honra desceu sobre os joelhos e olhou para dentro de si mesmo. Pensou: não sinto.

Se o mataria, certamente teria de operar alguma traição. Pensou depois assim, que o grande guerreiro traía a dignidade abaeté numa noite discreta como aquela. E subiu sua temperatura. Ferveu seu espírito confuso, e ele entoou a palavra que caça à distância. Aquela que leva sua mordedura intacta, transpondo a mata inteira. Honra entoou:

maldito.

O som conflituou com a quietude. A palavra caçou o outro.

Muito afastado dali, Pé de Urutago feriu em seu silêncio. Alguma coisa o golpeou na certeza brava de que o guerreiro branco, ignorante e despreparado, o dera como indigno, talvez como um inimigo. O grande guerreiro sofreu. Seguiu seu ofício sofrendo.

Por causa disso, chorou.

CAPÍTULO OITO
O cadáver de todas as coisas está na língua

Adormeceu no areal e, em seus medos e ignorâncias, as palavras brancas surgiram como se guerreassem com as puras abaeté. Era uma guerra vocabular em que sua mesma voz entoava de um modo e de outro e alguma coisa parecia obrigar a que escolhesse um dos lados, escutasse o som para decidir de beleza, de força, da capacidade maior ou menor de coagular um grande sentido, oferecer à mata uma fortuna, um sustento. Honra surpreendia-se agora com o susto de mais ocupar sua existência com a ferida branca. Se seu corpo já era ocupação branca, ocupação inimiga, capturar na toca do espírito o vocábulo sujo do inimigo poderia ser condenar-se por completo. Sucumbir inteiro, restar mais nada. E ele sabia das advertências insistentes dos guerreiros tardios que o educavam para uma vingança fundamental. Mas era mais do que o medo que movia Honra naqueles pesadelos. Era a fúria. E ele seguia mudando em seus sonhos as palavras brancas e inventando sangue, sangue que pudessem verter à sua pronúncia porque queria deter Pé de Urutago, o inexplicado que tivera a emoção de lhe prometer a morte. Estava emocionado, pensava o feio uma e outra vez. Deveria ser junto a Nada Bom e Nada Azul. Deveria ser chefiado para exclusão dos aptos à lucidez. O guerreiro branco, em seu tormento não desperto, deambulando de pesadelo em pesadelo, buscava nas palavras inimigas alguma mais feroz que caçasse impiedosamente e, sem falhar, garantisse que a dignidade abaeté ficasse intacta, protegida como uma evidência pela qual tinham de dar tudo. Subitamente, percorrendo o discurso branco que assomava à sua cabeça, Honra teve a impressão de estar dentro de uma identidade distinta que, talvez por esperança, poderia conferir-lhe uma robustez que não tinha ainda no discurso abaeté. Honra sentiu uma vertigem estranha. Uma tentação. Voltou a buscar entendimento para isso que sentia. Julgou adentrar o discurso branco como se adentrasse uma nova identidade à qual pudesse deitar mão para ser muito mais forte. Se o discurso branco pudesse ferir com maior violência, talvez Honra devesse tomá-lo naquele instante e entoar na direcção de Pé de Urutago a palavra de caça. O feio despertou. Era torto. O tremendo animal líquido resfolegava e o guerreiro branco sabia que se tentara pela malignidade de capturar em sua boca a onça vocabular do inimigo. Sentiu-se em perigo. Sentiu que única forma de maturar dali seria cantar por um tempo. Cantar as límpidas sabedorias abaeté que, por eternidades, salvavam os espíritos puros que pertenciam à Verdadeiríssima Divindade. Cantou e esperou que chegasse o sol para menos temer e mais acreditar.

O cadáver de todas as coisas está na língua. Naquilo que se pronuncia sobra tudo quanto foi, e a existência não se livra do cúmulo do que já passou. Para que cada palavra seja criadora, é também inevitável que saiba que sepulta dentro de si mesma. Quando entoas, nem que à deriva sem muito domínio ou consciência, o tempo todo e o espaço inteiro podem comparecer e qualquer palavra é infinitamente de maior tamanho do que o teu. Em cada modo de fala há uma identidade. Em cada língua um mesmo guerreiro encontra nova identidade. Usar outra língua implica atenção para haver modo de regresso. Sob pena de ser impossível voltar. Sob pena de ser impossível a paz no instante de voltar. Nossa língua é nosso comportamento. Ela dirá sobre o que fazes, dirá sobre o que és e sobre a inteligência de seguir uma conduta gentil. Nossa língua é gentil. Gentileza é tua obrigação.

Assim lhe explicaram os guerreiros tardios e o descansaram. A entoação inimiga procurava dominar sua boca, avassalar sua toca do espírito. Era de esperar que isso acontecesse. E Honra, calando sobre ter visto o guerreiro de vocação alada, queria acusar mas algo advertia a não o fazer. Era melhor deixar que o voltasse a encontrar, no terreiro, nas tarefas comuns, na esperança de que houvesse um arrependimento, uma súplica para que suas sagradas dignidades se pudessem tolerar novamente.

Descido à aldeia litoral, Honra buscou Pai Todo e o cumprimentou submisso, mas o santo dirigia-se ao coto da figueira e logo o subiu. A comunidade noticiou entre si que haveria chefia, alguma intuição que chegaria agora ao conhecimento de todos. E quando se silenciaram e prepararam para escutar, o guerreiro mais lúcido entoou:

vai abeirar a aldeia um curumim negro. Um negro. Conheci que será um pouco de corpo nocturno assustado e com fome. Conheci que seu desespero pede aos abaeté piedade. A voz coral chefia piedade. Chefia perante todos.

Os ancestrais explicaram que seria um pouco de corpo nocturno. A comunidade repetiu.

O feio observou em seu redor, estranho e desconfiado. Escutava o conhecimento de Pai Todo e desconfiava de o escutar. Imediato teve a impressão de haver uma companhia tangendo sua pele. Era ninguém. Mas o guerreiro ocupado quase juraria haver sido tocado. Ele moveu-se de um lado para o outro. O santo declarava e o guerreiro branco fugia de sentir o encosto de algum corpo impossível de se ver.

Incomodado, Honra chegou a esfregar sua pele. Talvez fosse algum insecto pousando, algum pequeno bicho procurando subir por sua perna. Esfregava repentino, num certo arrepio, e aquietava. Depois, voltava a sentir que era tocado e mais olhava em redor e não havia ninguém. Era, talvez, de sua cabeça despreparada.

O negro era um animal manso, desiluminado. Existia assimétrico nas preguiças e abusos do branco. Fazia pelo branco e morria sumário, tantas vezes sem razão e muito raro sonho. O negro era um animal sem guerra e defendia nada. A comunidade abaeté desperdiçava os negros. Passavam rarissimamente nas ilhas do órgão vital, mal orientados para encontrar um mocambo que juravam haver muito depois do quarto mar. Para os abaeté, depois do quarto mar era fim do mundo, queda das pedras, vegetação imatura em acordos ainda primitivos. O que habitasse para lá do quarto mar teria vocação de breve ou nenhuma vida. Sopraria apenas na poeira do vento.

Estava na memória dos antigos uma fera maior do que as árvores, um jacaré do tamanho de cem jacarés, e essa besta ia nas ilhas seguintes, incapaz de sair por ser tão gorda e afogar se tentasse atonar pelo tremendo animal líquido. Os negros que passavam adiante do quarto mar iam na direcção daquela fome. Eram refeição daquele horror. Os abaeté lembravam para nunca mais se atreverem a navegar naquelas águas, naquele fim.

O primeiro negro que aparecera nas ilhas os guerreiros mataram. Movera no escuro, parecia a ausência num pé, tombou em seu gemido animal. Foi levado para o coto da figueira e descansado perante a perplexidade de todos. Era um apagão sem mais mover. Alguns entoaram que fosse talvez já morto. Um animal que se movia na morte, como um encantado que busca um corpo de qualquer jeito. Outros mediram semelhanças com onça e podia ser que houvesse nascido de feminina dada em dupla para uma fera. Seria fruto de uma esperança de paz. Pobre negro. Nesse muito antigamente, perante esse primeiro escuro que fora abatido na noite igual a um tapir para ser comido, as aldeias suplicaram que fosse recebido pela encantaria para junto dos bichos amigados. E o espírito do negro, confuso, reviveu numa arara azul que sobrevoou a tatajuba central do terreiro e ficou observando. Os abaeté acreditam que foi essa primeira arara enternecida que levou maior consciência às araras que rondavam o terreiro, até que se fizesse a Arara Mais Consciente, animal observador em que Pai Todo lia com bastante precisão as intuições abençoadas que abundavam dos ancestrais.

CAPÍTULO NOVE
O negro

Quando chegaram ao terreiro, os guerreiros carregando o negro demasiado assustado, a comunidade cercou. Descobriram os olhos do animal e todos se assombraram, os que soam e o animal. Estava suando e respirava com dor, a boca enorme de muitos dentes, o tamanho em dobro dos dentes para morderem até o osso. E todos se interrogaram se não seria inimigo de perigo bastante, melhor que fosse matado ou deitado ao quarto mar. E entoavam que era feroz, olhava com ferocidade, tinha mãos largas, dobraria um curumim de seu tempo como se fosse um galho seco, certamente alimentado por mordeduras furtivas, traiçoeiras, nas mãos e nos pescoços dos que soam. Deve comer sem fogo, bichos ainda vivos que tenham o azar de abeirar sua mão, sua boca. Insistiam:

vejam os dentes, a força dos dentes, o amplo da boca, tão grande toca para um animal de tão pouco espírito.

E o negro se enchia de ar, lutando contra seus próprios pulmões acelerados, intensos. Estava amarrado e não poderia mal algum. Mas era o contrário do que prometiam as sapiências da comunidade. Não aparentava mansidão. Estava robustecido e desorientado na pressa e no medo, teria certamente suas ganas de ferir. Sobrevivia. Não se deitava a morrer, não era alegre com morrer, era propenso à vida. E os guerreiros lhe puseram as lâminas junto ao pescoço e o encararam com suas mais tenebrosas expressões de guerra. E os guerreiros sentiram muita necessidade de matar e as femininas suplicavam que assim fosse. Mais gritavam as femininas em alvoroço e os curumins e as curatãs afugentaram para estremecerem longe seu pavor. Mediram-lhe os braços, as pernas, como teria ossos largos, a cabeça pesada sobre os ombros, o olhar cintilante, com urgência. Então, Pai Todo chefiou:

façam-no beber porque lhe acontece sede. Façam-no deitar porque lhe acontecem dores no corpo e sono. Soprem-lhe as folhas, afastem os insectos. Exalem fumos. Este pouco de animal é ao nosso cuidado. Será vivo. Sua vida é por nossa dignidade.

E a comunidade inteira se atarefou obediente mas assustadiça. Os negros que por ali haviam passado eram mandados para muito embora. Não havia costume de os tratar como da dignidade dos que soam. Havia uma perplexidade insanável entre todos. Ainda assim, chefiados, cumpriam com a gentileza com que a Verdadeiríssima Divindade havia entoado abaeté para que os abaeté fossem existidos.

Foram atar o curumim negro no exterior da aldeia. Cobertos seus olhos, novamente o passaram para lá da entrada secreta da cerca e o foram meter a caminho do areal. Ponderavam um cárcere que o deixasse a salvo dos piores predadores, mas distante um bocado da aldeia, para nem escutar nem cheirar. Atado e sem fuga possível, o negro já mais descansado foi descoberto dos olhos e ficou ao luar sem outro ruído ou expressão. Era deitado à espera. Esperou.

Os guerreiros acorreram à comunidade novamente e fizeram notícia de cuidado e brio. Pai Todo chefiou que por três noites assim ficasse o negro atado. Haveria de provar sua paciência para a paz e merecer ser libertado. Aparentado da escuridão, entenderam depois os abaeté, um jacaré mínimo viu oportunidade de adentrar a boca ressonante do negro e viveu no seu peito. Bem notaram que o sono lhe troava muito mais alto, e que em seu interior se fazia escutar um crepitar e até um movimento se via nas substâncias mais moles da barriga e acima da barriga, por vezes muito junto da garganta. Imediato, o bafo do negro mudou para insuportável e todos o lamentaram por se tornar pior. Era mais torto também. E comunicavam ao pajé para que ele repensasse a sorte do animal e até verificasse como não prometia mansidão, por ser curumim muito robusto que haveria de maturar para uma força ameaçadora. Mas o santo chefiava que o cuidado se mantivesse e que o negro estava a cargo da alegria abaeté sem hesitar. E todos o iam ver aos fundos onde o haviam amarrado e pasmavam a pegar-lhe nos membros e a espreitarem também boca toda, a suspeitar do jacaré que lhe fora viver dentro. Era, até ali, sem palavra. O negro, atónito e sempre esperador, seguia sem tentar expressão alguma. Certamente por ser ignorante, sem sapiência, sem conteúdo demasiado, muito ao jeito de outras feras de aspecto mais inesperado. O negro era quieto como uma onça quieta que não tivesse importância em ser amarrada e observada de perto com empurrões e algumas batidas.

Batiam-lhe para que se virasse um pouco, para que subisse o braço, o outro braço, a perna, abrisse as pernas, mostrasse os baixios extremamente externos, grandes demasiado. Comentavam que a sua espécie era de dimensões fartas. O tapir também crescia assim. E comentavam que o animal escuro era quieto mas insolente, demorava sempre um pouco a cumprir o movimento a que o obrigavam. E cumpria bufando, estaria perto de uma mordedura, de uma tentativa de ataque. Que bom era estar tão amarrado e indefeso. Que boa era a guerra dos abaeté, implacável, certeira, obstinada, sagrada.

A comunidade toda se punha a caminho para espreitar de perto a fera tão parecida com alguém. Até as femininas que, entre o asco e o fascínio, comparavam o negro ao boto e à onça, à cobra e à ave escura. Falavam de tudo quanto fosse também desiluminado e estabeleciam pertenças como se a Verdadeiríssima Divindade houvesse decidido que as vidas negras eram semelhantes obrigatoriamente. E, entre o asco e o fascínio, muitas femininas assumiam gostar de como se compunha o corpo do animal, tão protuberante, tão largo. As patas, entoavam algumas femininas entusiasmadas, são pequenas rochas divididas por dedos. E riam. Quando alguém perguntava se haveriam de lhe mexer, mexer no corpo nocturno da fera, todas negavam. Longe iam os tempos em que se negociava com os predadores. Essas necessidades de paz eram antigas e a maturação da mata havia sanado a condenação das femininas aos inimigos. Claro que nenhuma se deitaria com o negro, nenhuma lhe mexeria o corpo, seria grotesco. Um filho entre uma feminina e o negro seria também silêncio, uma carne incapaz de entoar, uma refeição para a fome de algum jacaré que o houvesse de caçar. Depois, tocavam-lhe com paus para atiçar o jacaré e riam. Pelo mole da barriga, e acima da barriga, o jacaré se enfurecia e movia passando a cauda de lado para outro e isso era perfeitamente visível. O negro chegava a contorcer-se em dores, tão cheio de uma outra fera, tão estreito para o seu crescimento gigante. E as femininas aterrorizavam-se. Que horror, viver com um jacaré no peito, ser por ele habitado, tão fundo na toca do espírito. Poderia o jacaré morder o espírito se o negro tivesse um. Melhor seria não juntarem suas peles porque os dentes rasgariam tudo e o pajé haveria de se enfurecer por não se ter mantido o inimigo vivo. Umas femininas iam e outras vinham. Traziam os transparentes para se divertirem com aquela estranheza e com aquele medo. Mostravam o negro aos curumins e às curatãs mais pequenas e gostavam de reparar como, mesmo amarrado, fazia medo. Um medo seguro, sem perigo. E como fedia da boca. Fedia demasiado da boca.

Numa tarde, também Altura Verde escolheu o filho para observar o negro e espiar por simples curiosidade. Entoou:
Honra, abeira o animal negro, pensa no seu significado.
E Honra abeirou ascoroso, seu rosto mais guerreiro montado, furioso, ofendido, com vontade de diminuir o inimigo numa dentada só. Mas o tamanho da fera era maior e os olhos

redondos gigantes e estranhos fixavam o abaeté fazendo sua leitura também incómoda. E o feio perguntava:
que estás a ver, bicho horrendo, o que vês.
Mas o negro calava sem descodificar a língua do povo dos três mares. Então, Altura Verde quis saber:
Honra, que significa o negro. O que pode significar esse negro para a nossa mata.
E o guerreiro branco respondeu:
não sinto.
O animal, por seu lado, parecia estranhar Honra mais do que aos outros. Estranhava certamente sua pele diferente, como poderia ser um caçado igual ao que se tornara também.
Outros assomaram e empunharam seus rostos de guerra para atormentar o amarrado. Empunharam os rostos muito junto, até suportando o bafo do negro, e o negro resistia. Se houvesse de ser um curumim frágil teria sido desfeito num pranto medroso, cagado de estar caçado, desenganado para morrer. Mas a presa observava também os rostos ferozes com profundidade e talvez ponderasse na réstia de sua inteligência animal o que lhe entoavam. Quando os guerreiros discutiram a imprudência de acolher tal fera, voltando a examinar-lhe os membros, os dentes, os baixios e os piolhos, quiseram muito acabá-lo ali mesmo. Era o melhor. Era mesmo o melhor. Acabá-lo ali como competia à sensatez de proteger a comunidade, tantas femininas e transparentes dependentes de suas valentias. Assim se puseram em brados e moveram nervosamente numa dança para pensarem e gratificarem o sangue por sua fervura. Apontavam as lâminas ao pescoço do negro

e o negro inquietou um pouco até inquietar mais porque se levantavam as vozes e o tumulto em seu redor descontrolava bastante. Então, algum guerreiro vociferou:
eu quero, eu quero, a mata quer, a mata é boa, a fera morta é alegria da mata, minha arma é boa, a arma que mata. Eu vou matar.
Poderia ser que apenas aliviasse sua vontade para a perder, mas o negro temeu e entoou, na suja língua branca, um pedido:
Deus me ajude.
E seu bafo fedeu muito entre todos. E todos escutaram e sentiram aquele nojo e Honra entendeu. Honra entoou:
é a língua branca. A língua e o fedor da língua branca, a palavra que apodrece na boca e apodrece a boca.
Os guerreiros espantaram.
E que significou.
Perguntaram. O guerreiro branco respondeu:
suplicou por sua divindade. Evocou sua divindade na mata abaeté.
Altura Verde entoou:
então, a Verdadeiríssima Divindade devorou. Sua esperança é a ingenuidade. Está à mercê. Pobre animal capaz de vocabulário.
E Honra pediu:
posso falar branco com ele.
Altura Verde, apavorado, respondeu:
não. Fecha em tua boca esse perigo. Não te tentes nessas palavras pela pouca importância de um animal tão amarrado

e sem uso. Silencia tua boca. Essa língua ainda não é uma arma que saibas usar sem sucumbir também.

Naquele instante, o negro encarou Honra e perguntou: entendes o que digo, rapaz branco. Entendes o que digo.

O guerreiro branco, confuso, subitamente humilhado por não ser indistinto entre todos os guerreiros da comunidade, escondeu o que escutara e afastou-se. O pai lhe perguntou: que significou.

E ele, uma e outra vez jurou:

nada.

Honra fugiu dali. Decidiu que o negro lhe perigava tudo. Precisava de morrer. Haveria de tornar para o matar. Era um absurdo que demorassem aquela fera nos cuidados dos abaeté. Era um absurdo pretenderem fazer de uma fera sem educação uma companhia para o mais gentil povo.

Quando anoitecesse, haveria de voltar e passar-lhe uma lâmina no pescoço. Na noite, o negro haveria de morrer como um bocado de ideia que não diferia da cegueira. Pertença da escuridão, quando alguém descobrisse, pensariam todos que a noite o cortara sem reparar. O negro à noite ficava sujeito a tudo quanto não prestava atenção. O mínimo acaso seria bastante para o terminar. Desiluminado da pele, no tempo desiluminado do dia, ninguém julgaria estranho que o animal sucumbisse sem maior razão do que sua própria condição. O guerreiro branco assim pensou e se convenceu. Ia ser muito mais astuto do que os outros. Mais cauteloso do que o santo. Seria surpreendente até para a intuição que os ancestrais inspiravam. O negro era um animal domesticado pelo branco.

Traria seus vícios e suas chefias. As presas mansas afeiçoam ao predador, e fazem pelo predador a tocaia, nem que tombem na morte, nem que só a morte seja sua vitória e libertação. Era fundamental impedir aquele perigo. Era absolutamente fundamental.

CAPÍTULO DEZ
Meus povos negros

Pai Todo chefiou que soubessem que o nome do curumim negro era Meio da Noite, o pouco de corpo nocturno estava abrigado, seu espírito estava abrigado. Honra enfureceu porque lhe era vedada a ofensa de matar o povo dos três mares. O negro passava a ser do povo, o pajé afirmava, era do povo, distinto das feras. E Honra perguntou:

de que valerá a fera à alegria da mata.

E o santo respondeu:

sinto só o que está intuído, o curumim negro é digno e deverá descansar. Será educado para a salvação. Será parte da alegria.

A comunidade atrapalhou. Não sabia muito bem o que pensar, não sentiu sensatez. E o santo explicou que o sentido era o da piedade. Chefiou que sentissem piedade, chefiou que chorassem. A comunidade chorou.

Trouxeram o negro ainda amarrado e de olhos vendados e o largaram junto ao coto da figueira e afastaram. O santo abeirou, cortou livres os pulsos e as pernas. Deixou que fosse inteiro e em pé para se mover, o negro ficou calmo. O santo abriu seus braços, suas plumas subiram adornando o corpo tardio, tocou o curumim que se deixou sempre pacífico naquele gesto que o envolveu. Estava dentro da fogueira fria das penas e essa bênção nunca fora possível às feras. As feras não suportavam a paciência gentil de se acolherem entre as penas do santo. Os abaeté aumentaram a esperança. O animal sanava sua maldade e haveria de sobrar apenas manso, como fora prometido. Seria um animal manso e em paz. Pai Todo entoou:

serás Meio da Noite, o guerreiro nocturno, sábio de escurecer, sábio da escuridão, digno entre os abaeté. Serás entre os que soam. Soa.

Pai Todo insistiu:

soa.

O negro notou um sorriso no guerreiro tardio e, mesmo sem entender o que lhe pedia, entoou na branca língua inimiga:

fugi. Eu fugi.

Os guerreiros alardearam que Honra fosse abeirado. Que abeirasse e escutasse o vocábulo inimigo para saber se era significado de paz ou de guerra. E Honra escutou porque, quando o negro o distinguiu entre os guerreiros, outra vez entoou:

fugi. Estou livre. Entendes o que falo, rapaz branco. Tu entendes o que falo.

O guerreiro branco, ainda sem saber o que sentir acerca daquela maneira de se lhe dirigir, descodificou:

é em fuga, procura a liberdade.

Pai Todo sentiu:

tem o inimigo comum. O nosso inimigo comum. Aqui, é livre dele. Declaro o abandono dos ninhos.

Estabelecido o grau da tristeza, a comunidade obrigou-se à comoção.

E o santo acrescentou:

Honra, serás sua educação abaeté. Passarás como líquido por dentro de seu espírito, o igarapé, a cobra amistosa, paciente e mudadora. Serás por ele. Usarás com cuidado os vocábulos sujos e criarás notícia do que sente o negro. Estarás atento. Os acordos com feras são antigos e sagrados, tanto nos maturaram quanto nos deitaram em perigo. Os abaeté sabem ser gentis na atenção. Estarás atento e saberás sempre o que faz o animal tão semelhante a alguém, até que seja alguém em cada gesto. Do seu nome haverá de fazer-se o espírito. Verás como na toca do espírito lhe ficará a fundura comum, a gratidão e a valentia em favor da mata.

O guerreiro branco outra vez se coçou. Afastado e hesitante, nem querendo muito abeirar, seguia sentindo que sua pele era tocada. Como alguém chamando por ele, procurando acordá-lo, talvez.

E o negro entoou:

tenho fome. Tenho muita fome.

E o bafo novamente desagradou todos em redor que se repugnaram e perguntaram:

o que quer. Sagrado Honra, o que quer a fera.

E Honra respondeu:

comida. Julgo que significa ter fome.

Pai Todo chefiou:

Honra, senta e come com o negro. Educa para nossa boa comida. Educa, Honra.

E todos repetiram:

sagrado Honra, sana o negro. Sana o negro de sua maldade. Cuida da alegria da mata pela verdadeiríssima comunidade. Chefia que beba para aliviar como fede. Seremos alegres. Estavam os dois servidos das melhores comidas e o guerreiro branco hesitava. Os seus pensamentos eram instáveis. Entendia com dificuldade cada coisa e oscilava entre enfurecer-se e ser gentil. Então, dispondo cada coisa para a boca do negro, Honra escolhia a mandioca, essa cultura muito domesticada, e não avançava. A comunidade inteira por ali rondou, em espanto e alegrias, com ruídos e pressas, a rir de tão inusitada ideia de sentar o branco a comer com o negro. Dois aflitos. Dois feios. Honra sabia que humilhavam seu espírito, repudiando sempre seu corpo, sua cor, e escutava como alardeavam com irritação. Não poderia fazer nada. Era agora opaco, estava adulto, nunca lhe perdoariam a precipitação, e ao povo só poderia ter-se compaixão e absoluta fidelidade.

O pajé chefiou que se afastassem. Era importante que os dois diferentes de cor se acostumassem a seus próprios tamanhos e ideias. O santo chefiou:

Honra, entoa. Usa a língua branca. Protege-te e usa. Explica ao negro o seu nome, a sua sorte, as suas obrigações, a gentileza.

E Honra, com dificuldade, entoou branco assim:

a mata abaeté recebe em sua alegria, dentro dos três mares, sob as sombras de nossas tatajubas, à vista dos filhotes de tapir. Aqui é o órgão vital onde o começo conserva seu sentido, sua raiz, lugar da Verdadeiríssima Divindade. Tu és privilegiado.

Eu, de todo o modo, odeio tua figura, teu som, teu cheiro, essa palavra rapaz que entoas, rapaz branco, eu sou abaeté, guerreiro opaco. É com fúria que cumpro a gentileza porque esperava de nossos guerreiros a tua morte, os teus ossos limpos para as flautas, o resto para apodrecer como apodrecem as porcarias das mortes de todas as feras. Pai Todo intuiu que tu serás alegria para a mata, aconteces para a piedade, deves viver. E eu estou à procura de justiça na ideia da tua vida, e meu bafo também apodrece revoltado na simples obrigação de entoar branco os nossos sentimentos puros. Meu nome é Honra, sagrado Honra, teu nome é Meio da Noite, sagrado Meio da Noite. Justifica tua sorte para que eu acredite.

E Meio da Noite respondeu:

sou negro, consegui fugir, só entendo isto. De onde venho só havia dor. Meus povos morrem a trabalhar, espancados sem razão, estuprados. Meus povos negros morrem. Eu fujo de morrer e mais aceito ser mordido por uma besta, devorado pela fome de algum predador, do que perder a vida inteira a trabalhar sem descanso debaixo dos insultos e das batidas. A fome dos bichos é mais digna do que a ganância do branco. Meus povos começam a fugir. A minha fuga traz meus povos.

Honra escutou, entendendo metades, e perguntou:

teus povos.

O negro respondeu:

todos os meus povos.

Povos das feras eram lineares. Cada fera, um povo. O negro era subitamente múltiplo. O guerreiro branco pensou:

não sinto.
Era torto.
Honra entoou:
afeiçoa à alegria. Enquanto houver chefia, estarás como alguém. Pai Todo explica que tu assemelhas a alguém enquanto não fores alguém. Nas nossas memórias existem mil histórias de feras que viraram abaetés. Animais que escolheram maior juízo e iniciaram grandes pensamentos para caminharem junto de nós. Muitos dos que somos agora ainda trazem marcas das duplas entre os que soam e os animais com os quais foram negociados acordos de paz. Quero olhar para tua fealdade e descobrir a garantia da paz. Debaixo do teu nome abaeté existes na verdadeiríssima bênção. Eu tenho de obedecer. Mas toda a minha natureza é fúria, e meu desejo primeiro era servir de teu corpo morto.

Meio da Noite, silenciado um pouco, buscou na sua estranheza uma expressão e respondeu:
não me odeies, rapaz branco. Sou apenas um rapaz negro que pede para viver. Não sou um animal. Sou alguém, sim. Eu sou alguém. E só lamento talvez a possibilidade de ser feio. Não sei ser bonito, talvez. Eu não sei.

O que entoavam era bocado entendido, pois nada significava por completo. O vocabulário de Honra era escasso, misturado, equivocado. Em sua cabeça, o discurso organizava melhor. Na boca, entre o bafo piorando, apontava ao negro como débil talento. Um talento falho. Meio da Noite muito comeu e julgou ser expulso mais tarde. Não veria razão para que o acolhessem num cuidado tão externo à sua pele. Tão outro cuidado comparado com o dos brancos que o haviam mercado e colocado a trabalhar. Meio da Noite calculou que, se aquela sorte fosse grande, o deixariam correr dali em fuga, apressado para longe em busca do mocambo, a aldeia dos negros que se prometia para depois de todas as malditas terras brancas.

Foram chefiados de deitarem próximos. O feio branco lhe explicou. Deitariam na maloca próximos. Dormir servia para libertar o espírito da contingência física. Ele era caroço do corpo, mas germinava em pleno no sonho.

Teu sonho é uma mata inteira. De teu espírito floresce cada coisa, brota tudo, existe onça, canta ave a alegria mais afinada. Devemos dormir para dignificar o espírito que estará solto na imensidão da ancestralidade.

Meio da Noite escutou o branco e respondeu nada. Quando pousou a cabeça e sentiu que era loucura amigar uma comunidade da mata, distinta na língua, nos costumes e na pele, ponderou o espírito como caroço e concebeu seu corpo largo como fruto. Talvez fosse tão simples quanto isso. Fugira por ser tempo de colher. Não demoraria nas lavouras senão para bichar e morrer. Era tempo de tomar seu próprio fruto e o colher. Na escuridão da maloca, confuso, o feio negro considerou que aquele dia fora um passo favorável para que viesse a ser feliz ou, ao menos, jamais subjugado. Para o negro, sem diferença, a felicidade e ser livre eram exactamente a mesma coisa.

Um pouco depois, no silêncio profundo da maloca, comovido, Meio da Noite pressentiu que Honra não dormia e isso lho perguntou. O guerreiro branco respondeu:
penso. Não consigo parar de pensar.
E o negro entoou:
sagrado Honra, se entendi o que aconteceu, se por sorte me salvaram, quero que saibas que estou grato. Sou grato. Fujo sozinho mas sou testemunha de milhares. Eu vi milhares. A minha vida é a prova de que existiram, existem, e a minha voz será sempre uma pertença deles também.
O branco perguntou:
o que significas com isso.
E o negro respondeu:
obrigado, sagrado Honra. A minha vida dignifica meu pai, minha mãe, meus avós, meus irmãos, meus povos.
Honra perguntou:
estás a chorar, animal negro.
E o negro entoou:
sim.
Então, Honra chorou também. As feras eram incapazes de chorar. No sol seguinte, até estupefacto, o guerreiro branco foi declarar ao pajé que o negro era alguém. Entoou:
é alguém, sagrado Pai Todo, intuí seu espírito. Eu intuí.

O guerreiro branco sentou depois junto das águas e demorou. Esfregou de seu corpo a impressão de lhe subir algum insecto pela perna, outra vez observou sua solidão em redor e estranhou muito. Era comovido com a fragilidade do negro.

Por algum motivo que não podia entender, pensava obstinadamente no negro como uma segunda natureza sua, alguém que emanasse de seu próprio temor ou maravilha. O guerreiro de corpo ocupado pensou:
    quem me toca. O que me toca. O que é subindo meu corpo. Chegando ao meu corpo. Comigo. O que é comigo.
    Perguntava.

CAPÍTULO ONZE
Mais abeira o branco

Boa de Espanto sentou e pediu que Altura Verde escutasse: era ferido no peito. Tapado com o entrançado fino, moveu brusco e pude ver no peito um golpe mal fechado. Eu não pensei nisso mais, mas lembro agora que senti a estranheza de ver a ferida em seu corpo e sentir em meu. Por um instante, logo depois, e sem que eu tivesse intenção, minha mão bateu no entrançado fino sobre o peito e agora sinto novamente como a pele era aberta. Aqui mesmo, na palma da mão, posso medir o separado que a pele estava. Olhou muito claro para mim, uma cintilação quase verde, quase sem cor, e era furioso. Sua folia não permitiu que demorasse mais do que uns suspiros. Mais demorou a bater meu corpo para encantar. Quando fugiu, olhou e eu não movi. Eu não podia mover, e eu queria para significar a dignidade de também atacar. Mas eu não tinha força. Era fraca. Pensei na inevitabilidade de morrer. Eu ia morrer e morri.

Altura Verde respondeu:

o teu inimigo mais abeirou. Tua lembrança abeira o inimigo. Ele vai ser encontrado pelo nosso povo e nosso povo vai matar. Quando tombar, o educaremos. Será inteiro na alegria abaeté. Não haverá mais sofrimento. Entoa de novo. Entoa de novo, sagrada Boa de Espanto.

E a feminina entoou:

ainda sangrava um pouco porque o entrançado fino tinha humidade. A minha mão sujou, ficou cheiro. Eu não entendi se via a sua ou a minha ferida, porque ele feria e eu tinha dificuldade em manter a visão e o pensamento. Eu bati no peito porque tentei golpear sobre a ferida para ganhar vantagem de o corpo já estar aberto. Mas não pude golpear mais porque doía em mim. Meu gesto piorava minhas feridas de verdade. E ele entrou no meu corpo por quase nada. Não era folia. Era fúria. Como quem permite um filho ao mundo por zanga e não por graça. Ele zangou em meu corpo. E eu olhei muito o seu rosto. Era de manhã. Não tinha nem olho, senão um pouco de luz de alguma cor que nem definia. Abria o olho e dali se via para depois da cabeça, o céu azul sobre a cabeça, até depois das copas. Era furado. Se não ferisse meu corpo, eu podia pensar que o animal branco era sem peso, apenas um pedaço de som, um pouco de céu turvo. E ele mais demorou a bater meu corpo do que ferindo um filho em mim. Bateu muito para acertar de matar. E eu fiquei sem mover porque também acreditei ter ficado morta. Pensei, estou morta. Chegarão os ancestrais, escutarei a Voz Coral, serei salva. E supliquei. Quando o animal vazio me olhou antes de fugir, eu quis encantar atacando. Pensei que meu corpo morto moveria a mão para acenar um golpe, nem que apenas para acenar um golpe, de jeito a ele saber que amaldiçoaria sua guerra. Mas eu não podia mover. Por isso, fiquei quieta. Vi o corpo branco desaparecer, escutei, e considerei normal não mover mais nada, porque os mortos moviam nada, apenas soavam ou se atendiam pela intuição de alguém. Senti algum bicho pousar em minha perna e senti algum bicho morder um pouco. Muito pouco. Então, pensei que sentir a perna era coisa da vida e perguntei, no pensamento, se aninharia na Pedra que Soa. E a Voz Coral respondeu que não. Quase senti aninhar. Convenci que era aninhada, só faltou sentir os outros abeirados.

Altura Verde pediu:

o teu inimigo mais abeirou. Tua lembrança abeira o inimigo. Ele vai ser encontrado pelo nosso povo e nosso povo vai matar. Quando tombar, o educaremos. Será inteiro na alegria abaeté. Não haverá mais sofrimento. Entoa de novo. Entoa de novo, sagrada Boa de Espanto.

E a feminina entoou:

estava sob os nomes de meus pais e entoava o nome de um e de outro para que abeirassem e queria garantir se haveria alegria em seus encantos. Eu era na mata livre. Estava sem tarefas e havia saído havia pouco. Subira pelo igarapé pequeno, tinha conversado com as curatãs que perguntavam sobre mentiras dos curumins, e ia sorrindo porque lembrava de minha transparência e por isso abri os nomes de meus pais para caber dentro e seguir na mata feliz e acompanhada. Agora sei que foi a companhia deles que me salvou. Lembro bem, sagrado Altura Verde. Eu lembro bem que havia na Voz Coral o timbre distinto de meus pais. Eles avisaram a ancestralidade e rejeitaram minha morte que seria tão cedo. E, então, desviei do igarapé para ir aos frutos. Comi frutos, seguindo suas pistas sem direcção e eram bons, estavam frescos, abundavam na mata, e toda inteira era alegria por ser livre e sem medo. Tomei a decisão de banhar quando estivesse de regresso junto à cobra amistosa. Eu banharia e poderia mirar meu rosto e sonhar com encontrar meu duplo. Altura Verde, lembro agora, eu queria banhar e ponderar se estaria escolhida por algum guerreiro porque queria sonhar um filho, queria muito agora. E alegrei mais ainda porque acreditei ser uma feminina de beleza, e minha gentileza nunca foi duvidada. Corri um pouco. Vi um tucano perfeito e entoei seu nome, e ele voou partilhando minha alegria pelo ar. Eu cantei, ilhas de três mares, aves de todo o céu, o guerreiro que me entoar haverá de ser só meu. E escutei o silêncio depois de minha própria voz, e imediato senti que alguma coisa era diferente. Poderia ser uma onça. Pensei subir. Pensei usar minha lâmina. Mas não escutei passo nem cheirei fedor nem vi corpo de onça. Deitei no chão com um golpe, todo o branco era sobre mim e media mais vezes do que eu. Ferrei seus dedos sobre minha boca. Berrei pouco porque me pesou no peito. Eu era sem ar. Respirei quase nada. E ele tinha o rosto grande, sorria de maldade e eu via e deixava de ver porque buscava minha boca para cobrir com a sua. Julgo que comeu metade de meu som. E ele desceu o entrançado fino de suas pernas e também vi, pelo aberto do entrançado fino do peito, que era ferido e havia um curso pouco de sangue e procurei afundar mais a ferida, separar seu corpo em dois a partir daquele golpe já feito. E só senti como a pele era apartada e já não pude mover o braço porque segurou e sua folia mexeu em mim. Mexeu enquanto nos observámos. Seus baixios eram irrequietos, como se fossem dois, quebrados talvez. Procurou adentrar meu olho negro. O animal vazio quis ocupar meu olho negro, e eu mantive a toca do espírito fechada e gemi sem entoar para que nenhuma sabedoria abaeté abrisse sobre sua ignorância indevida. Calei e ele sorriu mais quando bateu. Vi bem, Altura Verde, vi bem como o interior vazio de seu corpo era. E pensei nos nomes dos meus pais, como estariam abeirados seus espíritos a verem minha miséria, minha desgraça. E chorei para fazer minha tristeza. Fiz a tristeza de não vir a ser dupla de ninguém, não maternar, não voltar a ver o sagrado povo em meu corpo débil. O branco investiu sobre mim e fui morrendo cada vez mais, e até esperaria que morrer ali fosse mais fácil, com menos sofrimento, mas eu sofria tudo. Era tudo em dor. Pedi que terminasse logo. Que chegasse a encantaria, como prometem nossas canções, que me ensinasse a aninhar na Pedra que Soa, mas havia tanto golpe no corpo que talvez não fosse possível para o espírito esquecer. Eu seguia lembrando de como não parecia respirar, porque o peito continuava comprimido, como doía entre as pernas porque o sangue deitava para o chão quente e a tentar sair de outros golpes também. Lembrava de como a cabeça caíra sobre alguma superfície dura, porque movia algo ali, era a pele aberta que expunha pouco do osso, uma cercania tão grande da morte. E duvidei. Olhei para o branco ajeitando seus entrançados, já de pé, e foi muito quase nada de tempo, mas eu o amaldiçoei, porque ofendera meus pais que eu tinha a certeza estarem na emanação daquela luz, no levantamento de todo aquele vento. Pensei, maldita fera branca, animal vazio. Ele fugiu sem que eu pudesse atacar porque convenci de que faltava nada para morrer. Só não morri porque o corpo ficou insistindo para sentir. Senti tanta dor que acabei presa ali. E perguntei porque não encantaria. Meus pais responderam que haveria de sonhar um filho e esse filho haveria de ser capaz de me amar. Altura Verde, eu levantei. Doí como cem bichos mortos. Mas eu levantei. E, quando nos encontrámos, eu sabia já que era cem bichos mortos ressuscitando. Temi sempre, mas nunca duvidei.

O guerreiro abraçou sua feminina e agradeceu. Ele respondeu:

o teu inimigo mais abeirou. Tua lembrança abeira o inimigo. Ele vai ser encontrado pelo nosso povo e nosso povo vai matar. Quando tombar, o educaremos. Será inteiro na alegria abaeté. Não haverá mais sofrimento.

A feminina entoou:

se eu vir mil brancos, de entre mil brancos, eu saberei qual me feriu um filho. Se eu vir mil brancos vezes dez mil, de entre mil brancos vezes dez mil, eu saberei qual me feriu um filho. Eu saberei sempre que animal me feriu um filho. Seu rosto parou agora diante dos meus olhos. Vejo tão claramente quanto as evidências de nosso terreiro, seu jeito brando sobre mim, sua pintura, o lábio doce, a mandioca em minhas mãos. O animal branco está diante de minha memória como uma coisa de deitar a mão e agarrar. A mata abeira. A mata abeira o inimigo para a vingança digna dos abaeté. Devíamos cantar, meu duplo. Devíamos cantar para começar a fazer a alegria.

O guerreiro tomou sua flauta. Sorriu. Era um silêncio calmo na aldeia, o terreiro sem ninguém, alguns tardios a dormitarem pela sombra das malocas, a mandioca quase pronta. A feminina muito grata e todas as canções generosamente ensinando, uma e outra vez, como era a graça dos que soam. O guerreiro e a feminina cantaram e dançaram enamorados. Então, Boa de Espanto entoou:
  começou a morte do branco. Ela prepara agora sua partida.

CAPÍTULO DOZE
Como um nome ausente

Boa de Espanto muito cedo se abeirou do filho e lhe suplicou que atentasse no perigo, medisse cada gesto do negro, lembrasse que era animal, menos pensado, muito mais incerto e a negociar ainda a sua maturação na criação. O negro nem seria espiritual, usaria linguagem apenas pelo inconsciente desabrigado, sua boca levaria a nenhuma dignidade, tinha um jacaré a viver no peito, troava no sono. A feminina agarrava seu filho até com embaraço, porque crescera e não deveria ser tocado de jeito tão intenso, numa ansiedade imprudente.

Alguns passaram na noite junto da maloca onde dormiam os dois aflitos da cor. Espiavam o silêncio, asseguravam que acontecia nada, e catavam perigos. Comentavam que talvez o jacaré descesse do peito do negro para o chão e fosse devorar os incautos. O corpo deitado do negro poderia parecer à fera uma maré de feição à caça. Desceria de seu esconderijo para se encher de mortos. A comunidade precisava de ajudar o pajé na certeza de haver intuído a verdade. Em algumas raras vezes, os ancestrais arriscavam contrários, desafiavam a obediência crédula do povo, noticiavam erros para testar os abaeté e sua boa fé. Podia ser que isso fosse agora com Meio da Noite. Podia ser que ele testasse a estupidez da comunidade e solicitasse algum guerreiro que

fosse mais esperto, mais rápido. Boa de Espanto contava ao filho o que a comunidade partilhava e até da aldeia subida se sabia pensarem assim. Os erros no passado haviam sido todos para fortalecer o espírito dos guerreiros, e Honra era irado, mas ainda carecia de força. O feio branco respondeu:
chorou por sentido próprio. Sem chefia, sem ninguém. Sagrada mãe, o negro germinou seu espírito na noite, que eu intuí como estava amplo sobre nós por dentro de toda a maloca. Nenhum jacaré desceu de seu peito, de dentro de sua boca. O que houver de viver dentro ali ficará, certamente incapaz de solucionar o labirinto das carnes, dos ossos, das mazelas cicatrizadas. Dormiu à solta, em paz, na alegria. Sagrada mãe, eu odeio o negro, mas ele chorou e dormiu na alegria.

Depois, Honra mais entoou:
tenho sempre dúvida que o negro exista, sagrada mãe. Por vezes, olho para onde está e vejo nada, como se houvesse uma sombra mais espessa da andiroba e algum vento acelerasse só por minha ansiedade. Onde o negro é existe uma ausência. É como um nome ausente, por pronunciar, adiado. Isso começa a entristecer meu ser. Não traz tanta fúria. Traz tristeza. O animal negro ainda guerreia por coagular em seu nome. Não deitou por inteiro de sua pronúncia. Não é material na plenitude. É metade de uma fera. Talvez só morra um pouco, e talvez também já um pouco tenha tenha morrido. Sobra por isso enquanto sombra. Sagrada mãe, e se os negros forem guerreiros que morreram metade incapazes de morrer inteiros, restos de pouco pelas matas à míngua de existir. E se os negros nunca maturarem mais do que para se tornarem

metade mortos e deambularem pelas matas sem pertencerem ao mundo esplendoroso dos vivos e da luz. São o contrário da luz, dos clarões, das vibrantes e promitentes tempestades. São a natureza profunda da tristeza. São o meio da noite parado, contínuo, instante em que as feras covardes atacam. O negro é à mercê das feras mais covardes. Essa é a sua condição.

A feminina calou. Tudo em seu filho era por entender. Branco, zangado por natureza branca, Honra crescia para o perigo e suas ideias adquiriram a eloquência dos que estavam sempre no instante da tocaia.

Quando seguiram às pirogas, Honra respondeu:

minha cor é ferida. Sou ferido por essa cor e não terei como sarar. Estou sempre ferido. Meu nascimento é um golpe inimigo no corpo de minha mãe que foi atacada sem permissão pelo branco. E eu vou aprender tudo sobre o branco para o matar. Eu vou matar, sagrado Meio da Noite, eu vou abeirar as aldeias e abrir os corpos dos mil brancos.

O negro, imediato, entoou:

eu mato junto. Mato mais mil, todos os mil, depois de aprender como.

O guerreiro sempre ferido sentiu uma inusitada cumplicidade e quis saber:

tu já caçaste o inimigo. Mataste o inimigo, algum.

O negro respondeu:

nunca. Mas eu deveria ter. Mataram meu pai, mataram minha mãe, mataram meu irmão. Agora só vivem no que lembro, e eu lembro pouco, menos a cada vez, para conseguir viver. Se tivesse tido oportunidade, eu teria matado com a mesma fúria que sinto na tua voz.

Naquele instante, Meio da Noite berrou e seu berro fedeu na mata inteira, e teve o tamanho do ataque de vinte onças. Honra recuou empurrado pela massa de som, impressionado, tão dentro do susto quanto da maravilha. O feio branco entoou:

tu berras vinte onças. São vinte onças. Esse é um berro de caçar qualquer inimigo.

Meio da Noite outra vez berrou. Talvez fosse que o jacaré no peito lhe acontecesse nas partes canoras, talvez fosse que o jacaré quisesse protestar seu cárcere no interior escuro do fugitivo. O feio negro vociferava tremendo e chegava a levantar vento, a vegetação bulia nesse vento e também apavorada. O guerreiro branco, sempre duvidando de o negro ser inteiro alguém, certamente metade fera, um pouco fera ou completamente animal, pensou que haveria de ser perfeito contar com um guerreiro assim no momento da caça. Ele entoou:

serias um guerreiro temível no calado das tocaias. Serias um guerreiro valioso. A comunidade precisa de saber.

Ali, parados por um quase nada, Meio da Noite pediu:

faz comigo uma jura.

O que é uma jura,

quis saber Honra.

Um acordo. Acorda comigo a amizade. Só tive com meu irmão.

Honra, confuso, respondeu:

não me tentes, fera. Sou depois de qualquer transparência, maturei do pequeno igarapé. Minha educação está completa. Estou preparado para defender e vou ser abençoado quando for obrigado a atacar. Negoceio, assim, a paz e a guerra. Não posso negociar contigo. Tenho desconfiança e sinto pena. Observo tua tristeza mas aguardo teu ataque e temo ter também de te matar. Eu já não o quero. Mas julgo ainda ser obrigado. Matarei qualquer animal triste que enfureça por erro contra os abaeté. Eu matarei qualquer animal que enfureça por desespero contra os abaeté. E serei sempre abençoado por isso. Eu negoceio paz e guerra, mas não serei tentado. Mantenho os sentidos em dobro. Sou o dobro de um guerreiro quando pondero tua vida, teus gestos, tuas palavras tantas sem descodificar, teu jeito soturno, ao abandono mas com músculo para partir um inimigo em ossos pequenos.

O negro, sem entender o que significavam tais palavras, melhorou seu pedido:

serei teu amigo até que saibas ser meu amigo também.

Honra, sem resposta, sentiu o significado daquelas palavras como o mais belo que já escutara. Acelerou o pé. Não aceitava que a língua do branco trouxesse qualquer gentileza. Era uma língua suja, maldosa, estaria claramente a enganá-lo com astúcia para o derrotar. Meio da Noite sorriu. Entoou:

tenho treze anos, sou mais velho do que as tuas doze estações quentes. Eu posso ensinar muita coisa acerca de acordos, rapaz branco. Eu posso ensinar muita coisa.

Para Honra, esse conceito de anos para medir o tempo era absurdo e perigoso. Não existia. Única coisa que entoou:

não repitas essas falsidades. O tempo é inteiro sem idade. Idade é custo das coisas vivas. O tempo é vocábulo da Verdadeiríssima Divindade, não se deixa capturar em conta alguma. Podes contar o aquecimento das estações, não podes contar o tempo nem obrigá-lo a repetir-se. Ele é livre de teu pensamento e de teu gesto.

O feio negro, já correndo também, repetia:

fiz treze anos há muito. Não sei exactamente quando, sei que nasci nas festas dos santos brancos.

Para o feio branco, aquelas ideias eram ofensivas. A mata poderia puni-los. Se não cuidassem de respeitar o órgão vital, algum predador haveria de nascer diante deles para os devorar. Em corrida, assomaram ao areal, onde os guerreiros mais robustos trabalhavam as pirogas e os receberam com alarido. Honra, por orgulho, afastou-se do negro. Caminhou para o mais distante possível. E viu como Pé de Urutago emudeceu. O guerreiro com vocação para o voo emudeceu, sempre bravo a escavar o tronco já quase pronto. Quando Meio da Noite viu Pé de Urutago, ali mesmo visto diante de seus olhos, entoou na impenetrável língua branca:

Honra, conheço este tão grande. Eu vi como fazia alguma coisa estranha na mata branca. Na mata branca, Honra.

O guerreiro sempre ferido, humilhado de tão grande confiança com o animal negro, calou. Respondeu nada. Escavou o tronco sem resposta para ser um abaeté absolutamente normal.

Por vezes, tinha ainda a impressão de ser tocado. Alguém tangia seu corpo, mas havia ninguém. Olhava em redor e era ninguém. Os outros atarefavam e o guerreiro branco se esfregava para manter a pele limpa. Talvez fosse algum insecto. Algum bicho subindo sua perna. Um bicho que voasse logo depois, muito antes de ser visto.

CAPÍTULO TREZE
Chorar para mentir

Então, Boa de Espanto insistiu e sua obstinada forma de medo criou fealdade. Ela explicou:

o choro pode ser para mentir. A comoção também acontece por máscara. A complexidade educa para isso.

Honra enfureceu. Era um opaco recente, talvez faltasse aprender muita coisa, ou a graça da mata não lhe oferecesse a intuição como seria suposto. O que a feminina defendia era a fealdade absoluta, a coisa corrompida do rosto, a destruição dessa sagrada manifestação com que se irmanavam todos os abaeté, todos os que soam. O guerreiro sempre ferido não poderia aceitar que a comoção de Meio da Noite fosse máscara de maldade, uma camuflagem para sua condição matreira. Julgava que a maldade do negro haveria de ser por tristeza, jamais por vontade própria, tarefa torpe de ser atacante contra a gentileza e as ideias puras.

Era cedo e haviam sido chefiados de caminhar à aldeia subida para diálogo com os sábios tardios que haveriam de averiguar como ia a boca do guerreiro branco tanto exposta agora à língua inimiga. E queriam escutar o animal negro a entoar. Os tardios tinham de avaliar o juízo dos dois. Afirmavam que o risco de emoção era grande.

Honra pediu:
sagrada mãe, não se assuste. Saberei encontrar a mentira. Eu saberei. E serei sempre pela pureza de nosso povo. Regressarei de todas as caminhadas como a promessa de um herói que me compete, ou como um herói enfim consumado porque estou tão perto de consumar. Eu sinto. Eu sinto. Mato o animal negro se ele mentir. Mato o animal negro se ele trair. Mato o animal negro se ele manifestar a maldade e perigar nossa alegria. Sagrada mãe, estou preparado para matar. Nossos inimigos serão incapazes de máscaras. Serão impotentes diante de minha obstinada atenção e eu vou matar um por um até que nossas ilhas e nossos mares sejam apenas bênção, como foi prometido e nos compete.

A feminina fechou os braços em torno do filho e padeceu de sua dúvida. O filho ergueu daquele abraço despontando de um esconderijo inteiro. O medo das mães podia ser uma forma de retenção, uma covardia egoísta que preferia recusar a valentia pelo exercício do amor. Para o feio branco, o amor era inexplicável. Não existia. Tinha jeito de fraqueza, uma fraqueza inaceitável para o povo abaeté mais ameaçado do que nunca. Ele entoou:

o negro é manso. Ele vai afeiçoar à gentileza.

A mãe lhe respondeu:

que tens na pele. Vais esfolar se não paras de coçar.

O guerreiro sempre ferido passava as mãos pelos braços. Não era por dor alguma. Apenas a sensação constante de ser tocado. Um pouco por toda a parte, por todo o corpo, sempre, acordado e durante o sono, alguma coisa parecia tocar-lhe.

E ele se desviava. Era do ar, de algum vento, de criar a ansiedade necessária para cumprir sua tarefa tão opaca de educar o animal negro. Honra entoou:

saio com o negro para a aldeia subida, sagrada mãe. Saímos agora.

E a mãe respondeu:

espia. Seguires sozinho pela mata obriga a toda a atenção.

O guerreiro branco confundiu. A mãe descontava o feio negro da caminhada, como se tivesse descontado o negro da conversa. Como se o negro não existisse. Honra mais esfregou o braço e olhou em redor. Havia ninguém. Saiu ao terreiro e buscou Meio da Noite que, por hábito, aguardava no mesmo pouco de frescura que havia sob a andiroba. Assim o chamou. O negro abriu os olhos como se os acendesse. Levantou e imediatamente deitou passos para saírem cerca fora da aldeia litoral.

Chegaram à cobra amistosa e subiram contra a água. Sempre contra a água. Parecia em fuga, àquele sol intenso, o calor aumentando, ia mais rápida do que costumava. E Honra assim o notou:

a cobra corre aflita. Sagrado Meio da Noite, alguma coisa aflige o igarapé. O igarapé foge.

Era sem conteúdo para o negro que se acreditasse poder afligir uma coisa daquelas. Cursos de água eram sem pensamento, desciam pelo seu próprio peso, vinham de gargantas líquidas que não paravam de humedecer, corriam para mares talvez sem sequer saberem para onde corriam e o que os levaria a mover. Era muito sem conteúdo acreditar que uma natureza de água tivesse alturas de consciência, tristeza, medo ou euforia. O negro ficou calado. Subiu contínuo e molhou os pés por vezes, a sentir a frescura grata, a maravilha possível dentro de tão grande calor.

Mas Honra voltou a entoar, baixando a voz, alerta como um opaco competente e sem hesitação:

espera. Nesta lonjura se aninham muitas feras. De alguma nos avisa a cobra amiga. Talvez nos diga a razão de estar a fugir.

Educado pelo igarapé, o feio branco sabia estar educado para cada bulício da mata. Era fundamental auscultar a estranheza. Ignorar a estranheza seria o primeiro convite para a morte.

Detiveram-se e escutaram nada. Os ruídos costumeiros da mata crepitavam. Suas aves e seus roedores, o marulhar das árvores, a voz da água. Era tudo normal. O negro impacientava e queria caminhar. Mantinha os pés mergulhados naquele límpido reflexo e pensava que talvez pudessem nadar, demorar o bastante para entrarem o corpo inteiro. O guerreiro branco, contudo, mantinha a mão no ar em sinal de alerta, porque no crepitar da mata algo de verdade sinalizava o perigo. Ele entoava:

escuta, sagrado Meio da Noite. Escuta.

Exactamente naquele instante, definido como se fosse muito junto deles, soou a cuspida do grito de ferro. Cuspiu e a mata inteira estarreceu. Os dois guerreiros feios espantaram um para o outro, diminuíram os corpos até ao chão e silenciaram. O inimigo branco entrara na mata abaeté e cuspia sobre alguma presa. Honra abeirou o negro e tremeu. Tremiam ambos. Depois, pensando dentro da bênção, ele pausadamente entoou:

sagrado Meio da Noite, o grito de ferro cuspiu ali, naquela direcção. Eu vou seguir em torno para conseguir chegar nas costas dele. Tu ficas aqui. Quando contares até cento e um berrarás vinte onças e o inimigo vai enervar, perdendo a segurança. O medo do inimigo vai favorecer que vulnerabilize, e eu atirarei minha lança. A minha lança vê certeira. Jamais terá como falhar. Sagrado Meio da Noite, nós vamos matar o branco agora, e mais tarde cantaremos, dançaremos de alegria e seremos celebrados por toda a comunidade. Ao meu primeiro passo, conta até cento e um, depois berra vinte onças por nossa guerra.

O negro ainda procurou recusar. Eram demasiado novos, demasiado pequenos, demasiado aleijados no orgulho, demasiado ignorantes, ele estava com demasiado medo, tinha demasiada dúvida acerca de matar alguém, não queria matar já, ser matador agora, naquele instante tão súbito, sem mais pensar, sem mentalizar-se para o gesto que mudaria seu espírito para sempre. Eles não iam conseguir sequer a coragem de matar alguém. E não havia como saber quantos seriam. Quantos brancos estariam no disparo daquele ferro. Quantos ferros os olhariam atentos, preparados para cuspir também. De quantas cuspidas se poderiam desviar. Quantas cuspidas cada ferro conteria. Seria mais esperto fugir, avisar os outros, talvez até fugir com os outros, atravessar pelos mares, azarar pelos mares em direcção a novas terras, outras terras mais escondidas. As ilhas dos abaeté estavam finalmente encontradas, eram no caminho da cobiça branca, haveriam de ser sempre incomodadas. A alegria da mata acabara. Fugir seria a educação mais absoluta. Melhor que buscassem os mocambos de que os povos negros falavam. Suplicar abrigo nos mocambos, ser escondido pela multidão que fugira havia muito e se robustecera contra qualquer um que quisesse voltar a encarcerar alguém. Melhor que não matassem. Meio da Noite pensava sobretudo isto. Era melhor que não matassem. Mas Honra já montava a tocaia. Antes de afastar, instruiu:

não podemos demorar. Algum abaeté pode estar furado pela cuspida. Escolhe uma sombra e aninha. Afeiçoa à sombra para ficar invisível. Tua cor nocturna vai sumir teu corpo e ajudar a nossa tocaia. Sê feroz, animal negro, agora sê feroz mais do que nunca.

Meio da Noite contou até cento e um e parou de contar. Julgava que talvez não fosse o suficiente para o guerreiro sempre ferido chegar ao outro lado do inimigo, posicionado em condições de vencer. Talvez devesse contar até duzentos e dois, o tempo de Honra ir e voltar, depois de conhecer quantos seriam, o quanto seria impossível atacar sem morrer. O negro hesitou, certamente o feio branco estaria já furioso à espera dele, talvez bastasse seu berro para ajoelhar o branco no inesperado da mata. Quando Meio da Noite levantou a cabeça um pouco acima da folhagem onde se escondera, saindo ínfimo de sua sombra, ele mesmo pôde escutar algo diferente. Um

movimento atarefado, muito perto, a pisar pelo chão longo, arrastado. Súbito, a voz de Honra soou em surdina:
não berres. Fica calado.
E Meio da Noite então viu como Honra recuperava sua lança do corpo tombado do branco. Caminhando descido, o guerreiro sempre ferido tomou o grito de ferro e juntou-se ao feio negro. Era a horrenda arma do inimigo. A pior arma. E estava em suas mãos inteira, enfim à mercê de sua guerra.
Por um instante, os dois apenas olharam a arma como a ver para muito além. Sentiam-na para acreditarem que detinham o poder de uma cuspida assim. Haveriam de abater mil inimigos com um poder daqueles. Olhavam a arma e parecia que a arma estava a muita mata de distância. Até que Meio da Noite, o negro assustado, quase entoou demasiado alto:
mataste alguém. Está morto, Honra. Mataste alguém.
O guerreiro branco, sempre instável, respondeu:
estava sozinho. Eu tenho quase a certeza de que estava sozinho. Vamos aninhar e esperar. Repara como a cobra amiga desce mais devagar. Repara. Parou de fugir. Avisa que está tudo bem.
O negro olhou o igarapé e, por estranho que pudesse ser, o curso de água abrandara. Certamente seria da altura do sol, do tempo do dia passando, o típico de haver marés. Era apenas uma maré mais baixa, mais lenta. Mas era verdade que a água aquietara. Descia paciente ou mais feliz. O negro não soube o que pensar. Tinha nenhuma preparação para a espiritualidade da mata. Incrédulo, fixava o morto e sentia

que o morto voltaria para os bater até estarem mortos também. O negro concebia a culpa mesmo para quando lhe acontecesse o direito de se defender. Para ele, a defesa era a fuga. Pensou que a morte do branco pelas mãos de Honra pudesse ser um assunto novo que se haveria de justificar. Era justo. Era seguramente justo. Manteve o medo mas começou a aceitar. O guerreiro sempre ferido entoou:

agora, vamos contar até cento e um, depois, se não vier inimigo, apoderamos o corpo morto. Entretanto, tu afeiçoa à sombra outra vez, enquanto isso, eu vou espiar se a cuspida que escutámos capturou alguém de nosso verdadeiríssimo povo. Silencia sempre, sagrado Meio da Noite, e alegra. A mata é boa.

O negro aninhou novamente entre a folhagem e, à sua guarda, ficou o grito de ferro. O corpo morto era a dez passos dali, alguns bichos abeiravam ao cheiro do sangue. Incrédulo, o negro escolheu apenas esperar. Havia algo de muito absurdo em tudo aquilo. Não parava de pensar que o branco fora abatido, impotente contra a tocaia de Honra, não parava de pensar o quanto isso era feio e o quanto isso trazia justiça aos seus povos negros. Então, Meio da Noite capacitou-se para sentir um nervosismo feliz. Até mesmo que os bichos pudessem abeirar o cadáver para o devorar, Meio da Noite pensou nisso e sentiu uma incontida alegria. Pensou que gostava de Honra. Pensou que era importante que Honra fosse e voltasse em segurança, magnífico, destemido em sua coragem e em seu ódio. Ele entendeu que o guerreiro branco fazia a coisa certa. Era santo. Era inteiramente santo naquilo que acabara de fazer.

Quando Honra voltou, afirmando que não encontrara nenhuma presa ferida ou morta, o negro perguntou:

o que faria um branco sozinho na mata.

Honra respondeu:

a morte. O branco faz todas as mortes possíveis.

Os feios carregariam o inimigo para a aldeia e o mostrariam em sua última indignidade. Pai Todo haveria de dar início aos rituais de abrigo, cantariam, fumariam, dançariam pelo anoitecer e teriam orgulho. Acima de tudo, por ser tão importante, ergueriam o grito de ferro nas mãos e afirmariam:

eis o que trouxemos para a nossa guerra.

A guerra dos abaeté contaria agora com a terrível arma por aliada. Olhariam seu engenho para aprender sua cuspida. Cuspiriam na direcção do inimigo que estivesse a chegar. Fariam muita garantia de paz e alegria à custa da captura de uma ciência daquelas. Os dois guerreiros feios suaram carregando o branco de volta à aldeia litoral, presumindo que os sábios tardios entenderiam a ausência para medir o estrago em suas bocas, o estrago em seus espíritos. Agora, era mais importante noticiar a festa, a magnífica captura, a vingança legítima do povo abaeté.

O animal branco, pesado e rastreando o sangue pelo caminho, era puxado pelos pés. Cada pé, um guerreiro feio. Honra entoava:

o pé dele fede à tua boca.

O negro, profundo e obediente, assombrava-se. O medo acontecia mesmo por cima das coisas justas. Estarem certos não sanava a tristeza de ser necessário guerrear. Assim respondeu:

descansemos um pouco. Sinto falta de ar. Sinto medo ou tristeza. Não sei.

Sentados um diante do outro, Honra julgou ver claramente como o jacaré no peito do amigo se moveu na moleza da barriga. Era um braço de dentro que mudava de uma direcção à outra. Talvez tomando algo na mão. Talvez empunhando a arma. Buscando a mira para atacar. O negro, emudecido, era estranho. Honra sabia bem disso e jamais esqueceria o alerta de sua mãe. Pensava que, se o animal negro fosse uma ameaça, o terminaria com a mesma glória com que terminara seu primeiro inimigo tombado. Honra entoou:

vamos. Não posso adiar a alegria.

O feio branco pensou:

a alegria parece um bocado de guerra.

CAPÍTULO CATORZE
História da chegada dos brancos

Houve um tempo em que o encontro do branco foi julgado de boa fé. Nos avistamentos iniciais, pelo areal, chegaram em suas pirogas gigantes e atracaram apontando para os abaeté, como se indicassem protuberâncias raras nos corpos vermelhos. Moveram muito calmos para significar a paz e desceram ao chão ofertas que a comunidade tomou com alegria. Nesses encontros, os abaeté julgaram que os brancos significavam uma amorosidade distante que levara muita eternidade a conseguir chegar até eles. Gesticulando de modo simples, num fascínio grato, a comunidade admitiu os brancos no exterior de suas aldeias, no exterior de suas cercas, mas com esperança e procurando descodificar a língua que, então, era escutada com curiosidade e sem temor. Alguns tardios descodificaram considerando que ampliavam o espírito. Todas as palavras de todas as línguas juntas são o tamanho da divindade. Apenas um deus teria o tamanho de todas as línguas, esse seria o espírito absoluto do mundo. O inteiro dos que soam e a vastidão dos mortos. Pensavam assim os gentis abaeté.

Nesse primeiro deslumbre, a boca dos brancos era escutada com a expectativa eufórica de ver o que criaria. Acreditavam os abaeté que, a qualquer momento, brotaria do som uma criação magnífica que pousaria diante de todos numa dádiva inequívoca, como relatavam as sapiências ancestrais. Das bocas brancas e de seus vocábulos novos poderia chegar a pronúncia que faltava da Verdadeiríssima Divindade, enfim generosa por entregar quanto bastaria para a longevidade segura, alegre, do povo e da mata. Escutar os brancos era, pois, um cuidado fundamental, e todos quantos podiam se silenciavam para apreciar a canção natural que pareciam reconhecer àquelas vozes. E os brancos falavam sem parar. Eram canoros como algumas aves incansáveis. Os abaeté sorriam maravilhados.

Podia ser que o clarão prometido se acendesse de suas bocas. Podia ser que fosse um clarão vocabular, produzindo um relâmpago que, ao invés de subir, deitasse ao chão, ao colo de um guerreiro que, até por ternura, o poderia tomar. O galho ósseo do relâmpago, o osso prometido, poderia ser uma evidência trazida pelas peles pálidas daqueles animais inauditos que começaram por incutir fascínio na imaginação da comunidade das ilhas de três mares. Quando pronunciavam, as palavras escutadas de seus corpos alvos criavam o sonho de se fazerem luz eterna, uma propriedade celeste ou do fogo que deitasse ao chão e ficasse para sempre. Os abaeté prestavam atenção. Por esperança, os abaeté prestavam muita atenção.

Subitamente, alguns brancos bebiam estranhos sangues azedos e emocionavam por folias, fúrias e até sono. Bebiam os sangues e queriam partilhá-los com os abaeté que, imediatamente, entenderam ser tocaia, venenos corruptores, e não beberam mais. Frustraram e temeram. Outros brancos recolhiam aqueles que emocionavam e os amarravam no bojo das pirogas gigantes, de onde emanavam fogos e fumos e dos quais os de pele vermelha tiveram sempre algum receio. Uma noite, um branco que bebeu o estranho sangue azedo quis tomar uma feminina que fugiu com seus atributos mata adentro. O branco, sucumbindo, empunhou o até então desconhecido grito de ferro e cuspiu. Cuspiu na mata já escura que estremeceu ao ruído jamais escutado de uma arma tão cruel. Estava de corpo exposto, descoberto de seu entrançado fino, e correu igualmente, sempre cuspindo seu grito de ferro, sua mão voava no ar e a própria mão parecia puxá-lo a toda a força, a toda a fúria. Os abaeté desconheceram aquele gesto e só na iluminação do sol aferiram que o cuspe da arma deixava sulco violento na mata. A mais digna árvore abria um golpe feio por ofício nenhum. Era um golpe sem propósito que a comunidade quis saber por que razão fora feito. Então, o pajé desse tempo entendeu que a cuspida mataria a feminina se houvesse de lhe acertar. O santo abriu muito os olhos e anunciou o medo. O grito de ferro, ele noticiou, era uma arma. A pior arma de todas. A mais ruidosa e a mais mortal. Abriria uma feminina em dois, caso lhe tocasse.

Intuindo tudo aquilo, alguém chegou para testemunhar que a pequena parte visível da Pedra que Soa estava golpeada por igual. O grito de ferro lhe cuspira na escuridão da mata pela noite anterior. A comunidade berrou e jogou os corpos ao chão, submissa e apavorada. O pajé escutou a voz coral da Pedra Que Soa e confirmou. Todos repetiam que a cuspida ruidava na mata inteira e poderia até quebrar o céu. Todos repetiram que o grito furaria de apenas se escutar. Criava dor. Doía por dentro em cada um dos bocados do corpo e haveria de fissurar os ossos, haveria de dividir as vísceras igualmente apavoradas e certamente escolhendo morrer. Cada víscera morrendo depois da outra até tudo ser morto e humilhado numa vergonha infinita de se haver falhado à encantaria. Os abaeté agarravam as cabeças em desespero e acreditariam jamais que alguém pudesse cuspir à Pedra Que Soa. Mutilar, ofender, agredir a encantaria ali aninhada em sua alegria. Acreditariam jamais. Foram ver. A sagrada morada cicatrizava o golpe rude bem diante dos olhos de todos. Estava indignada, silente subitamente, pela emoção inimiga do branco. Era uma emoção inimiga. Trazia a morte, tinha de ser guerreada. O pajé intuiu que os brancos eram apenas uma semelhança. Uma fera dotada de semelhança. Não eram alguém. Animais feios, os brancos faziam o horror. Não significavam maravilha alguma. Infectavam as ilhas abaeté, haveriam de coagular as águas dos abaeté. Eram sujos. Suas intenções eram primitivas, sem educação, bestiais, desconhecedoras da gentileza. Não eram verdadeiríssimos.

 O pajé declarou o sem voo o pior grau da tristeza. A comunidade fez a tristeza. A comunidade enfureceu, misturou, e foi encontrar os brancos no areal, pedindo que seguissem em suas pirogas para a lonjura de onde haviam chegado. E os brancos, que eram em duas pirogas e apenas uns poucos, distraídos com suas bebidas más e alguns já emocionados, quiseram logo guerrear e tombaram vários, escapando metade, que navegou para dentro das águas daquele mesmo primeiro mar. Os abaeté debateram que os brancos chegavam em suas maldades. Eram inimigos, repetiam. E entoavam: malditos. São malditos.

Foram amaldiçoados para que não houvesse esquecimento, e foram proibidas as suas palavras para que os espíritos puros do povo da mata não fossem capturados pelo inquinado de seus sons, pela força de seus deuses terríveis. Alguns tardios, por virtude maior e intuição, foram escolhidos para o risco de lembrar, avisados que estavam de servir a língua para entender o inimigo, caso acontecesse a necessidade de o espiar e saber de sua intenção. À Verdadeiríssima Divindade e aos ancestrais foi pedida a piedade de jamais regressar um branco às ilhas dos três mares. As súplicas foram feitas por muitas estações quentes e frias, até ser impossível acreditar que os brancos se haviam extinguido. Muitos passaram para guerrear. Muitos atacaram os abaeté e tantos abaeté tombaram na maldade branca. Seus nomes são entoados nos rituais para fortalecer suas mortes. Suas mortes trarão a fúria necessária para revidar. Os mil brancos do mundo inteiro, talvez mil dez vezes, tombariam um dia à justiça abaeté.

Estavam nas mãos do pajé os objectos antigos que os brancos ofertaram, aqueles poupados da fúria e do asco da comunidade. Como esse pouco de igarapé seco, sempre frio, parado sem movimento, onde os rostos se mostravam límpidos. Agora, Pai Todo o escondia para deter a prova e a ciência, mas poupando o povo ao horror. Ele explicava que, com aquilo, o branco encarcerou o espírito do igarapé, a sua liberdade, sua necessidade de correr para águas maiores. Quando se discutia aquele objecto, jamais voltado a ser mostrado, meio esquecido sob um alto de terra que o santo severamente proibia, a aldeia buscava águas livres em seus recipientes e as dispunham pela pele e pelo chão. A aldeia cantava e sorria às águas para desentristecê-las. Amavam as águas que lhes matavam a sede e banhavam os corpos, as que educavam os curumins e as curatãs, que sanavam mazelas, purificavam suas feridas, ajustavam aos corpos em cada detalhe sem resistência. Eram benignas. As águas limpas onde podiam mirar seus rostos eram benignas.

Por vezes, Pai Todo tomava o pouco de igarapé seco e o mergulhava no imenso primeiro mar para saber se lhe ressuscitara a vontade líquida. Julgava que, um dia, quando verdadeirissimamente fosse possível e tivesse vontade, o igarapé seco sairia de seu cárcere para desaguar, recuperando sua merecida alegria. Uma e outra vez, sem ninguém, Pai Todo levava o objecto com a esperança de o libertar como se libertaria uma ave que pudesse enfim voltar a voar.

O lamento do santo acontecia sobretudo por desesperançar numa redenção para o branco. Se houvesse o igarapé seco de voltar a molhar, talvez o espírito do branco pudesse educar para a gentileza. Uma e outra vez, sem ninguém, Pai Todo recolhia o objecto e o escondia no alto de terra, fazendo suas orações e suplicando a intuição. A Voz Coral nada lhe trazia. A comunidade seguia em perigo e sua dor não tinha como ser afastada.

*

Escutando novamente as histórias acerca do acontecimento dos brancos, Honra perguntava:

é verdade que as pirogas navegadas pelo animal branco são de dez tamanhos e fogueiam e fumegam no vazio interior. De que acende esse fogo sem acender da própria piroga. Poderá o branco acender o fogo sem arder.

Na sua cabeça ficava a dúvida de saber se esse fogo era a captura prometida do relâmpago.

SEGUNDA PARTE
O gesto de chorar

CAPÍTULO QUINZE
A nossa guerra

Eis o que trouxemos para a nossa guerra.

Entoaram os feios e todos se abeiraram estupefactos. E o tardio santo abeirou também e sorriu. Era verdade. Junto do branco tombado, bravos em seu pouco jeito, os dois guerreiros ainda pequenos responsabilizavam-se por uma conquista sem precedentes. Pai Todo ergueu um gesto, e as penas em seu cabelo e em seus braços rebrilharam à luz. Chefiou que se cuidasse do morto. Tomar-lhe a cabeça para o coto da figueira, limpar-lhe os ossos para as utilidades do brio guerreiro e das canções. A comunidade foi escolher suas pequenas pedras para depósito na toca do espírito. Pai Todo alegrou explicando que intuíra imediatamente o nome de abrigo para o inimigo, que mudaria abençoado para a encantaria abaeté e sanaria de ser torto. O inimigo seria Mão Abundante. Oferecera o grito de ferro ao povo das ilhas dos três mares, viera à mata por inusitada generosidade, sua mão abundou uma preciosidade aos abaeté. A Verdadeiríssima Divindade assim o quis.

A comunidade acendeu os fogos, fumou seus cheiros, cantou e dançou e, um a um, abeirou a cabeça do inimigo e, depositando a pequena pedra na boca, entoou:

Mão Abundante, nossas ilhas, nossos igarapés e três mares, nossa memória e alegria, todos os bichos e todas as originalidades te celebrem com a sacralização eterna e a paz, e teu espírito esteja aninhado no coro da Pedra Que Soa até que regresse na promessa do osso do relâmpago.

Naquela noite, a comunidade celebrou intensamente os guerreiros feios, abeirando deles e levantando as vozes com seus nomes. E eles exultavam, sempre alegres também, e sentindo que valia a pena tornarem-se implacáveis. Quando o pajé instruiu Meio da Noite para entoar as palavras de abrigo, o negro atrapalhou. Era ainda bastante exterior àquela convicção. Entoara sem significar demasiado e estava nada convencido de que seriam capazes de educar os mortos.

Honra, por seu lado, entoara as palavras de abrigo diante da cabeça branca e outra vez misturava seus sentimentos. Confessaria ao amigo:

quero que a pronúncia do nome Mão Abundante paire no som podre. Um nome podre, sem eternidade. Quero que a sua pronúncia seja sepultura. Não gosto que lhe conceda vida alguma, pensamento, modo de sentir. Eu desejo que o inimigo termine com a morte e jamais se admita na nossa encantaria, normalizado, desculpado, educado para nossa alegria. Direi seu nome a significar-lhe toda a tristeza e a entregar toda a repulsa. Eu apenas odeio o inimigo, sagrado Meio da Noite, eu apenas odeio o inimigo, não lhe posso levar salvação alguma, não sinto tão grande gentileza, não sou tão feito de bondade. Matei, quero que se conserve morto.

Era torto. O feio negro pressentiu que o amigo estava errado.

*

Boa de Espanto e Altura Verde celebraram o filho e o cantaram também, em seu redor a fazer alarido e levantando cores, cheios de ofertas nas mãos, coisas bonitas que orgulhavam a todos. Então, parada de dançar, uma feminina jovem se sentou e sucumbiu ao desejo por Honra. Era Dois Amanhãs, a jovem singular que demorava em ser dupla, suspirava em abandono pela mata sem sentir vontade. Dois Amanhãs, ali sentada sem proferir palavra, decidiu que Honra era bom de toque, haveria de agradar mexer, e sentiu-se incapaz de lutar contra essa constatação. Foi Altura Verde quem notou e avisou o filho:

bravo guerreiro, Dois Amanhãs olha para ti. Está a convidar-te para as folias da fertilidade. Ela sucumbiu. Honra, a feminina é sagrada. Jamais esqueças o sagrado que somos. E toma o que é teu.

A magnitude de ser um matador era infinita. Sua fealdade vergava perante o ímpeto, a força, a bondade de seu gesto para o povo abaeté. O feio branco, soberbo subitamente, esfaimou mais do que nunca de mexer no segredo de uma feminina e abeirou Dois Amanhãs impaciente. A feminina levantou e correu cerca fora, mata adentro para ser caçada e colhida pelo guerreiro que acabara de admitir. Assim, correu também Honra, ligeiro e sem peso por sobre todos os obstáculos, e muito depressa deteve a fuga sedutora da feminina e lhe deitou por cima do corpo. Ansiava pelo sabor do corpo dela. Sentira por vezes o cheiro. Como pairava o cheiro das femininas em algumas tarefas e até no tempo de dormir. Mas nunca lhes levara a boca. Queria mexer-lhe e ser mexido. Molhar-se nela. Misturar como se pudessem ser indestrinçáveis. E ele mexeu e saboreou. A feminina, também apenas agora começando suas folias para a fertilidade, regozijou. Era alegre. Seu gemido era alegre. Honra sabia disso. Eram ambos dentro da bênção.

Quando amainaram, mal deitados no chão da mata, o guerreiro sempre ferido chefiou que ela mexesse no corpo do negro.

O negro,

ele entoou,

é meu gémeo. Somos iguais pela fúria. Vamos ser iguais pela glória.

A feminina sorriu. Imaginou que a folia do negro houvesse de aleijar, fazer doer. O guerreiro branco lhe garantiu:

é digno. O animal negro é digno. Ele é alguém.

A feminina, então, respondeu:

tem o bafo podre. Bafeja como o jacaré. Eu não beijo. Não vou beijar o negro jamais.

Honra riu. Ter mexido na feminina trazia uma paz inesperada. Era o contrário da guerra, definindo a vida dos abaeté. Era a demissão de tanta guerra, por um instante. Por um muito breve, gratificante, instante, Honra sobrava ali como um sentimento perfeito, sem ser guerreiro, sem ser mais nada senão um espírito liberto de sua angústia.

Escutou, depois, seu nome entoado na mata:

sagrado Honra. Sagrado Honra. Pai Todo te chama.

*

Quando abeirou do terreiro, ainda antes de estar exposto no largo espaço aberto, a comunidade sorriu. O feio branco escutou:

o osso mais limpo para as tuas canções. Terás como esculpir sua delicadeza para que sopre perfeito. Esta será tua flauta de opaco, teu primeiro grande troféu de opaco. Com ela, manterás a memória da sapiência abaeté e criarás o fascínio com que todos te receberão pelo orgulho de nosso povo. Toma, Honra, dentro deste osso te esperam as canções. Com cuidado e gratidão, haverás de as trazer aos nossos ouvidos e todos te amaremos. És dentro do nosso amor.

Então, Pai Todo chefiou que a comunidade chorasse, e a comunidade chorou.

Honra tomou o osso limpo do inimigo e se deu de asco. Queria mordê-lo, ferrá-lo como as cutias, desfazê-lo na poeira, disfarçá-lo por completo entre os poros do areal. O guerreiro branco tomou o longo osso limpo e caminhou às arrecuas e todos se puseram em cantos e danças e ele estremecia sempre de asco. Foi Meio da Noite quem o percebeu e, antes que estivesse denunciado, pediu:

deixa-me ver, sagrado Honra. Deixa-me ver como se esconde nesse osso a mais bela flauta.

Tomou o osso e espantou. Segurava o pedaço morto de um branco como se fosse um resto de animal de refeição, o resto de uma refeição, um pedaço morto de um bicho qualquer sem sapiência, sem ternura, sem memória de sua família, sem amigar de ninguém. Meio da Noite espantou e temeu, mas jamais vacilaria naquele momento. Calou. Acompanhou o amigo para distante e sentou onde ele quis sentar. Então, entoou:

eu sei onde há mil ossos. Sei onde fica a mata branca de Pé de Urutago, feita de tantos pedaços dos mortos que já nenhuma memória deles sobra, se eram brancos, se eram vermelhos, se eram talvez negros, dos meus povos negros. Ali, estou certo, podes depositar esta flauta que nunca tocará e tomar outra inesperada. Uma flauta que se possa fazer de um osso que já não espera vocação para ser das canções, para ser nas mãos alegres dos que vivem. E essa flauta tocará e será livre da impressão ascorosa que sentes. Ensino-te o caminho, sagrado Honra. Ensino-te o caminho para a mata de osso.

Batiam os tambores com vigor. A comunidade festejava ainda e Pai Todo expunha no alto das mãos o grito de ferro. Os abaeté eram triunfantes. O terreiro levantava uma parda terra de tanto pisarem na alegria, de tanto quererem inscrever na terra a vibração eufórica daquela conquista. O grito de ferro era distinto. Uma ave depenada, o bico antipático, o pé largo como pata aleijada que não servia para o deixar erguido no chão. O grito de ferro subia nas mãos do tardio santo e todos se abeiravam corajosos e entoavam a gratidão.

Meio da Noite entoou:

caminharemos muito pela acalmia da escuridão. Quando chegarmos à mata branca, ela sozinha se iluminará, tão ostensiva se torna por uma nesga de luar. Foi como a descobri quando fugia, sem saber, nesta direcção. A mata branca é toda morta e, se alguma coisa lhe imita vida, é a capacidade de cintilar. Pensarás, depois, o que haverá de significar tão imensa sementeira. Porque se semeiam os ossos. Porque se erguem uns sobre os outros por absurda vegetação. Que folha dá o osso. Que flor dá o osso. Perguntarás, como eu. O que fará Pé de Urutago com o resto de tantos inimigos.

O guerreiro branco olhou em redor. Havia ninguém. Sentia que era tocado, mas havia ninguém. Perguntou:
estarás emocionado. Será emoção que te acontece.
Mas Meio da Noite não respondeu. Era um apagão indistinto entre as outras sombras. Honra, ainda assim, seguia com a impressão de não estar só. Alguma coisa tocava seu corpo. Ele entoou:
não pode existir uma mata de osso. Tens de estar emocionado. Escolheste a mentira. Isso, sem mais nada, pode matar-te.
Lembrava da promessa à mãe.
O guerreiro branco, agora matador, agora mexido por uma feminina, maturava em sua opacidade. Era outro. Começava a ser outro e não tinha intenção alguma de regresso. Pai Todo pareceu afirmar-lho:
entoas como se fosses uma multidão.
Tomou o grito de ferro de suas mãos e estranhou. Repetiu:
sagrado Honra, entoas como se fosses uma multidão.
Outra vez o guerreiro sempre ferido se sacudiu. Ao fundo do terreiro, como era hábito, sob a andiroba, Meio da Noite aguardava na frescura possível. A comunidade era normal.

A alegria abaeté prosseguia. O santo erguia uma e outra vez o grito de ferro. As celebrações não terminavam. Eram eufóricas. Cada guerreiro e cada feminina, cada curumim e cada curatã entoavam:
obrigado, Mão Abundante.
O espírito do inimigo estaria já aninhado na Pedra Que Soa, salvo para sempre, educado para a boa morte dos abaeté.

CAPÍTULO DEZASSEIS
O corpo tendente da Divindade

No extremo da ilha, a deitar por sobre o quarto mar, onde se sabia ser já terra menos abençoada, erguia-se o segredo de Pé de Urutago para que o instruíra Pai Todo. O segredo dos guerreiros de vocação para o voo se consumava ali, atarefados todos que estiveram com a mesma ciência, o mesmo silêncio. Era muito sem vocábulo. Tinha nome, mas necessitavam calar para que se cumprisse a própria Divindade, que pedira adiamento e nenhuma notícia. Não se haveria de perigar seus comandos e sua esperança.

O grande corpo de Pé de Urutago movia-se entre a estranha estrutura que era uma outra vegetação. Uma que não vinha de raiz, não cobria de verde, não brotava fruto nem flor. Era branca. Uma mata pálida que o guerreiro cuidava de não ser coberta ou devorada por parasitas de quaisquer espécies. Carregando o corpo do inimigo, tão ao contrário do que sabia a comunidade, o guerreiro tinha a seu cargo um outro ritual. Um que precisava de executar sozinho, sem ninguém. E ele levava o inimigo morto para o lugar aberto de uma pedra à altura de meia perna e o deitou para começar a cortar. Era sempre sem discurso, sem abrigo, sem canção, sem flauta. Era sem demora. Pé de Urutago separava a carne dos ossos e tomava também a cabeça que decompunha dente a dente. Ao avesso do que sabiam os abaeté, o guerreiro ofendia a cabeça do inimigo e usava sua boca que não mais desceria enterrada. Então, imaculadamente limpo cada galho ósseo, encarou a imensa estrutura e decidiu. Atou numa ponta, correu, atou na outra, juntou alguns dentes num canto, outros ao longe, subiu para deixar pequenos ossos como flores de sal ao cimo, desceu para cravar algo mais no chão, como se aquele esqueleto gigante de quinhentos guerreiros ganhasse um novo pequeno pé. E afastou. Galho por galho, à luz intensa da tarde, incandescia a alvura daquela bizarria. Incomensurável, ali estava a mata de osso que reunia por imaginação aquele que seria o corpo tendente da Verdadeiríssima Divindade. Era o corpo tendente da Divindade que haveria de descer quando estivesse no instante certo e deitaria carne viva sobre aqueles ossos e habitaria a mata de jeito concreto na companhia de toda a criação. Um dia, quando o guerreiro de vocação alada colhesse o osso do relâmpago, nada mais faltaria para que o novo tempo e a nova ternura iniciassem. Era a intuição a que haviam acedido todos os pajés e para a qual haviam educado todos os guerreiros esperados para subir o clarão.

A Divindade virá e amará o esforço, o engenho e a imaginação abaeté, depois, deitará carne sobre os ossos e moverá seu corpo imenso para caminhar entre a criação. Será de tão vasto tamanho, tão cheia de bocas e atonará tantos olhos que poderá escolher beijar cada um e cada fera, cada árvore e cada pedra, ou poderá escolher devorar até sobrar mais nada novamente. Deprimida com o torpe dos espíritos, cansada da criação, a Divindade poderá escolher mover o corpo para o fim de todos os tempos. O novo tempo seria não haver tempo nenhum.

Pé de Urutago entristeceu por haver ameaçado matar o pequeno Honra, um tão fiel e desafiado abaeté. Mas não o poderia deixar saber que movia um inimigo pela mata, excluído dos rituais de abrigo, excluído de toda a gentileza da comunidade educada por tanta ancestralidade. O grande guerreiro aumentou o corpo tendente da Divindade e regressou ao areal. Caminhando longamente por tanta terra que os abaeté consideravam apenas silvestre. Uma terra a ir embora, sem alegria, feras por acordar, povos de feras sem ofício na guerra ou na fome abaeté. Tanta coisa sem nome, medrando no puro silêncio. Para ali, ninguém abeirava. Dava horror e dava compaixão. Criado o mundo, muito do mundo era por ganhar valentia. Valia de nada para a comunidade dos bons. Certamente apenas apodrecia, sustentava bichos e ideias podres, e seria por isso que multiplicavam os brancos.

A mesma coisa pensou o guerreiro sempre ferido. O grande Pé de Urutago o ameaçou para esconder a matança de um inimigo excluído do abrigo e da dignificação abaeté. Honra pensou que Pé de Urutago emocionara e usava os mortos para sua emoção sem sentido, levando ali a cabo uma tarefa sem serventia, um desperdício e ofensa a tudo quanto era imposto à gentileza do povo das ilhas de três mares. O feio branco chorou. Caminhou por entre os ossos erguidos num esqueleto inexplicável, impraticável, e chorou. Não tinha compaixão

pelos inimigos. Era bom que tombassem, era bom que Pé de Urutago os caçasse em tão tremenda abundância e os terminasse de qualquer ataque. O que comovia Honra era o medo que sentia pelos abaeté que se mascaravam. Aqueles que não vigoravam nos límpidos gestos chefiados, na inspiração tão antiga, na intuição de cada instante que os ancestrais generosamente noticiavam. A Voz Coral berraria de dor se houvesse de prestar atenção ao que ia ali por aquela terra já enjeitada. Mais se comoveu o guerreiro, até que Meio da Noite entoou:
 e se não for maldade. E se for alguma tarefa por noticiar. Uma tarefa incompleta que aguarde por certo detalhe, um certo osso, que seja. Pode tudo isto aguardar um só inimigo. Um inimigo que depois permita explicar, mostrar à comunidade, oferecer à comunidade este resultado e sua ciência. Sagrado Honra, não te impressiones senão com o tamanho dos ossos, a beleza morta que aqui está. Pode ser que o guerreiro grande cumpra uma chefia que desconhecemos. Não me parece bom acusarmos nem questionar. Melhor não entoar nada sobre isto. Esperar. Ver o que ensina o tempo. Saberemos antes de todos porque já começamos a saber. E isso deve merecer calma, paciência, e toda a esperteza de nossa guerra. Não entoes sobre nossa guerra. Isto está no caminho de todas as nossas vitórias. Eu tenho a certeza. Isto fará parte de todas as nossas vitórias.
 O feio branco não confiou, incandesceu os olhos sobre o amigo, agradeceu o esforço para o aquietar. Respondeu:
 não sinto.

Meio da Noite perguntou:

e porque te comove que o grande guerreiro descumpra as chefias mais rigorosas quando tu mesmo resistes a cumprir e odeias tão avesso à natureza abaeté. Tanto que chego a admirar o teu ódio, a bravura que te dá, a fidelidade à vingança do povo.

O branco não respondeu. Seria incapaz de confessar que usava a cor como desculpa para ser torpe. Incapaz de uma aprendizagem gentil, Honra escudava-se na cor para ser torto. Queria que ser torto fosse sem culpa, para se corromper sem limite na voracidade de seus sentimentos. Viciava-se naqueles sentimentos. Odiar era caminho sem muito regresso. Talvez também nunca tivesse lugar de chegada. Era uma ida contínua, sem satisfação.

Tomou um osso à sorte, escolhido sem grande importância, e no lugar deixou a flauta que nunca haveria de esculpir. Melhor disfarçaria a raiva se desfeito do resto morto do inimigo que ele próprio tombara. Pensou. Menos raiva o haveria de acometer. E Pai Todo rebrilharia de orgulho quando desse com ele a tocar, a cantar as mais importantes canções.

O feio negro perguntou:

o que vais querer cantar.

Honra entoou:

canções graves. Tristes. Canções que nos estimem a inteligência mas permitam a consciência de alguma dor. Quero prosseguir com minha obrigação de chorar, sagrado Meio da Noite.

O negro entendia mal o ofício tão importante do choro. Por imitação, respondeu:

não sinto. Haverei de sentir.

Honra apenas pensou e Meio da Noite berrou vinte onças num lamento incontido. Por dor ou fúria, o negro berrou mais vinte onças, e o guerreiro branco temeu que sua pele fosse tocada e se afastou um pouco. Poderia ser o som daquele bicho. Ele mais pensou. Que vinte onças poderia ser o som daquele bicho, se a mata inteira de osso tivesse carne e se pusesse a caminhar. O guerreiro sempre ferido depois chamou:

sagrado Meio da Noite. Sagrado Meio da Noite.

Mas o negro era em lugar nenhum. Até sua pele parou de ser tocada. Como se os insectos que lhe pousavam ou subiam tivessem finalmente debandado. E ele, em sobressalto, novamente chamou:

sagrado Meio da Noite. Onde estás.

Então, o negro abeirou, refeito de uma sombra, e entoou que melhor seria que fossem em regresso. Honra duvidou se aquela prudência era do negro ou sua. Um insecto voltou a voar para seu ombro. Não o viu. Sentiu como quase lhe mordeu a pele. Olhou o negro e não confessou mas soube que não quereria mais ficar sozinho daquele amigo. Quando declarara que eram gémeos não havia mentido. Eram-no. Diferiam, mas não diferiam de ser opostos. Eram duas partes de uma ideia só. Agora, o guerreiro branco faria qualquer coisa por seu amigo que não lhe mentira. Provara que até a absurda coisa de uma mata de osso existia. Provara que não mentia. Era puro. O negro era puro. Inventado pelas mais gentis causas.

*

Então, caminho para a aldeia, Honra o avisou de que pedira por ele a Dois Amanhãs. Pediu que lhe mexesse o corpo. O negro saltitou na mata como os filhotes e brincou palavras brancas rápidas que o amigo não pôde entender. Honra, animando-se um pouco, afirmou:

vou brincar palavras também. As palavras abaeté mais belas que abrigam esperança e criam sorte.

Então, entoou:

o mar da flor, o doce do esquecimento, a feminina gentil, o filhote de tapir, a consciência tardia, o igarapé que salta, o pequeno igarapé, o muito grande igarapé, todas as cachoeiras, o beijo do tamanduá, o trovão da terra, o fogo das araras, as conversas das araras, as chuvas castanhas, o beijo do jacaré, há um jacaré no teu peito. Animal negro, tens um jacaré no peito e só ele te vai querer beijar alguma vez.

Rindo, Meio da Noite entoou:

o cheiro e o sabor das femininas. O cheiro e o sabor de Dois Amanhãs. Obrigado. Vou dormir a sonhar com as folias. Dois Amanhãs é bela. Como é bela a nossa feminina. Obrigado, sagrado Honra. Os povos negros rejubilam.

Saltitando sempre, apressados mata fora para a aldeia litoral, os feios tomavam suas lanças como se matassem originalidades pelo caminho. Vociferavam. Vociferavam muito, sem sentido nem compromisso. Então, num instante em que Honra se deteve para colher do chão o osso que deixara cair, Meio da Noite encheu o peito e berrou mais vinte onças.

A mata partiu. Aves e roedores, feras felinas, insectos, aranhas e todos os bichos que pudessem dar passo ou salto partiram dali. Levantou-se o sopro vocabular do vento. Honra entoou: como fede, e como é perfeito um berro assim.

CAPÍTULO DEZASSETE
Mais abeira o branco

Corria por seu corpo a água, e Altura Verde banhava também brincando de ser fera de mergulho fundo e ria, quando a feminina sentou e viu para dentro de si mesma. O guerreiro perguntou:

sagrada Boa de Espanto, sentes.

E ela respondeu:

faço a tristeza porque lembro. Cobri meu ovo de lamas e pintei de vermelho mais vivo para contaminar a pele do meu filho no interior. Eu segurei o ovo entre as mãos todas as noites e tantos dias, fiz as preces e cantei, entoei sozinha as mais educadas esperanças e conversei com cada bocado da mata. Eu conversei com árvore e ave, igarapé e pedra, cobra ou flor. Eu não fiquei muda porque necessitava de pedir e pedi. Tive pesadelos, tormentos inacabáveis que me assustavam, até ameaçando fazer meu ovo partir antes do tempo, deitando no chão uma carne inacabada e sem inteligência para viver. Meus pesadelos prometiam parir uma nuvem, uma escassez do céu sem muita cor nem oportunidade de abraço. Seria uma coisa pouca que não andaria nem caçaria, não teria guerra nem seria capaz de lucidez perante a paz. Sonhei que meu filho poderia ser uma boca mordendo o corpo por dentro, vingado da fraqueza de sua mãe, porque eu notava minha garganta fechando sem ar, sem vontade de alimentar, com medo de entoar. Notava como por dentro do corpo me levantava o peso todo ao peito. O peito pousava igual a ser a planta do pé. Por vezes, as ilhas todas eram ali. Por vezes, o mundo todo, com tudo quanto é ainda sem bênção, era ali. E eu tinha de ir às tarefas mas não ia. Cobria de lama novamente e pedia pelo rubor da pele do meu filho que, sem que eu soubesse, preparava para nascer pálido. Senti culpa. Senti que meu ovo desistira. O meu ovo sonharia um guerreiro que haveria de sucumbir à emoção, imprestável, tão vulnerável quanto Nada Azul e Nada Bom. Outro abaeté sem palavra, apenas tormento e humilhação. Quando meu filho nasceu branco, eu lamentei, mas sobretudo falhei.

Altura Verde mais pediu:

entoa, sagrada Boa de Espanto, entoa de novo.

Mas a feminina respondeu:

agora, não. Tenho medo do que vou entoar. Falta muito a coragem para lembrar o que julgo ter de lembrar.

Parou de se banhar. Sentou na margem e viu como um filhote de tapir se assustou e fugiu. Era o extremo da beleza. Ela sorriu. Seu duplo voltou a pedir:

entoa de novo, sagrada Boa de Espanto, quanto mais entoas mais o inimigo abeira.

Mas ela outra vez recusou. A beleza do filhote de tapir não escondera seu receio. Preferia silenciar e deixar que o igarapé subisse sua voz calma por sobre as inquietações dos dois. E a água discursou a sapiência em direcção ao primeiro mar.

A feminina calou por medo. Ela sabia chegar ao rosto do animal branco. Subitamente, sem confessar, a feminina sabia como era o rosto do animal branco. Por tanto medo, voltou a esquecer. E entoou:

bela voz de nosso igarapé pequeno, importante cobra amistosa, conta tu quanto de tua água é choro. Quanto do choro é alegria, quanto é tristeza. Ensina tudo aquilo que esqueci de curatã, o que fui incauta ou incapaz de aprender. É no sopro vocabular do vento uma carícia. Cobra amistosa, educa quem sou para culpar menos, para amar mais, ser grata, gentil, abaeté. Educa para ser sempre mais abaeté, que nossas ilhas e três mares me observam e tenho sempre a impressão de haver falhado na bravura, na inteligência, no instante de encantar.

O vento suavizou mais ainda. Era fresco. Passava sob as copas para amenizar o calor e Altura Verde explicou:

a mata é boa. A mata ama a sagrada Boa de Espanto.

Com isso, a feminina aceitou banhar de novo e sorrir.

CAPÍTULO DEZOITO
A folia do negro

Quando a feminina sentou junto de Meio da Noite, o negro musculou entre as pernas e ela temeu que o próprio jacaré fosse ali. Não podiam entender seus vocábulos distintos, o negro sabia poucas palavras abaeté, mas ela entoou o espanto de lhe parecer que os tamanhos do guerreiro eram mais ferozes, sua folia haveria de ser descontrolada. Ele, sem muito ter comparado nem ponderado sobre outros tipos de guerreiro, mais pequenos ou mais estreitos, mais macios ou mais ásperos, verticais ou dobrados para alguma direcção, viu a feminina abrir as pernas e esperou. Era certa paisagem e não deixava de ter também um tamanho gigante porque, para ele, ignorar e aprender aumentava os tamanhos, assemelhava à maravilha. Aprendia a feminina e hesitava pela magnitude do assombro, tinha a impressão de ser importante agarrar como se agarrava uma ave toda feita para ir embora. Só se poderia fazer numa tocaia suave que demitisse a presa de qualquer susto. Meio da Noite demitia o susto de Dois Amanhãs. Era gentil. O feio negro era gentil. E a ave toda feita para ir embora ficou. A sua ansiedade acreditaria em tudo. Se houvesse de viver uma população pequena na fortuna das femininas, entre as pernas, naquele instante, o guerreiro julgaria normal. Se houvesse de descer ali, entre as pernas, um igapó ou uma praia, e algum pouco de mar ficasse banhando continuamente, justificando a humidade, a frescura, o cheiro que por vezes já sentira no esconso da maloca, o guerreiro julgaria normal. O que a feminina ali tivesse, entre as pernas, seria sempre normal, e sua musculação de guerreiro, até por força maior, euforia pura, jamais a recusaria. Meio da Noite estava intenso e estava grato. Dois Amanhãs trazia o sentido da vida. Ele pensou. Perguntou se poderia deitar a boca. Oferecer de imediato o caminho do espírito. Ver com as abençoadas partes canoras. Ela não entendeu. Ele deitou de qualquer modo. A feminina desceu a cabeça para trás, semicerrou os olhos, via nada. Era ao melhor abandono. Por isso, quando ele a quis beijar, não lembrou de temores ou repulsas. Beijou de volta sem se bastar. O guerreiro pesou no seu corpo inteiro e amainaram comuns, entendidos. Haviam afeiçoado à folia. Dois Amanhãs sentiu assim. Que afeiçoaram à folia, como se a tivessem aperfeiçoado, melhorado, inventado gestos que outros antes deles não tivessem conhecido. Tão intensos e tão gratos, o cansaço demorou-os um pouco pelo chão até que novamente o guerreiro musculasse e acontecesse. Estavam como encarcerados naquele sentimento. Sairiam dele com dificuldade. Não queriam sair. Amainados várias vezes, escutavam a mata, procuravam na alta folhagem formas curiosas que a luz criava. Animais que eram apenas o recorte casual nas árvores, feito pelo sol claríssimo que subira ao alto das ilhas dos três mares. De vez em quando, sem saberem muito bem por que razão, ambos riam. Talvez fosse de encontrarem algum animal na luz que parecesse torcido, ridículo. Talvez fosse por não saberem entoar acerca da surpresa de se sentirem para depois da alegria. Bem depois. Estavam felizes. Eram inexperientes para tão grande sentimento.

Quando levantaram para regressar à aldeia, acanhados embora, o negro quis tocar o braço, a mão, o ombro da feminina. Andavam, sem cessar o toque. Urgiam em brincar. E riam sempre. Por vezes, ela corria para distante. Ele a caçava novamente e mudavam os braços um sobre o outro. Depois, apenas o toque na mão, uma certa carícia no ombro ou nas costas. Andavam e andar era caçar e ser caçado. Querer caçar, querer ser caçado. Predavam-se mutuamente como duas feras que esfaimavam por graça.

Ao abeirar a cerca da aldeia litoral, apartaram. A feminina envergonhou. O guerreiro envergonhou. Entraram de olhos pelo chão para não serem explicados pela simples ostentação da cumplicidade. Olharam o chão e a comunidade entoava cumprimentos já nada matinais e certas instruções para as tarefas a atender. Fazer assim foi toda a espera de que seriam capazes. Um e outro haviam entendido que necessitavam de regressar ao encontro. Haveriam de ser uma dupla. Por mais escondida fosse a cumplicidade, toda a comunidade a pressentiu. O guerreiro negro e a feminina jovem estavam amorosos. As folias da fertilidade fediam pelo terreiro. Os fogos cozinhavam para as refeições, mas não conseguiam apagar o quanto fediam de folia aqueles dois. A comunidade sentia alegria. Noticiavam uns aos outros e alegravam uns aos outros. Mesmo que persistissem as dúvidas, a curiosidade de saber se o animal negro negociaria com a feminina alguma aberrante forma de família. Algum resultado protuberante, inviável, pouco social, sem serventia ou sem ânimo. Talvez tivessem filhos emocionados, destituídos de palavras, se era verdade que ele e a feminina ainda nem poderiam entoar e entender. O feio negro aparentava gentileza e estava em paz desde que chegara. Era bravo e embravecia nas tarefas e na amizade com Honra. Se o ovo da feminina houvesse de eclodir um filho azarado, o filho de um negócio até perigoso, começaria por ser um modo de tristeza. Depois, talvez pudessem chefiar para embora dali, talvez até pudessem matar. O que matasse os abaeté era feito para ser matado também. A comunidade noticiava a cumplicidade de Meio da Noite e Dois Amanhãs e preferia acreditar que Pai Todo tinha razão. O negro era alguém. Talvez lhe restasse a cor de acordos antigos com feras já esquecidas em seu físico e sua memória, mas maturava no esplendor. Soava. O negro soava. Sabia as primeiras palavras abaeté. Em pouco tempo estaria inteiro dentro da bênção da Verdadeiríssima Divindade, e seus filhos seriam lúcidos, valentes, belos, férteis, carregados de espírito. Todos o repetiam para mais alegrar, que seus filhos seriam lúcidos, belos, férteis, carregados de espírito, e haveriam de normalizar por completo junto ao igarapé, educados para a mata como toda a ancestralidade, como toda a comunidade, como era certo e benigno. Como era bom. A Voz Coral tinha prometido. Estava a ser evidente. O negro era evidência da promessa feita.

*

Os feios caminharam ao areal para as tarefas nas pirogas e Meio da Noite contou:

mexi na feminina. Ela foi gentil. Sagrado Honra, eu sinto que a feminina quer ser para mim, porque eu quero ser para ela.

O guerreiro branco apressou o passo. Era insuportável que Dois Amanhãs preferisse o negro. Era insuportável que o negro tivesse melhor folia do que a sua. Honra adiantou o passo e entoou:

as femininas são demoradas. Ela só vai entender o que quer mais tarde. És precipitado e arrogante. Dois Amanhãs ainda hoje me olhou e outros guerreiros a buscam. Somos todos parte da sua alegria.

O negro temeu, por um instante, que Honra estivesse certo. Depois, a simples visão do sol passando as copas das árvores o fez sorrir. O negro respondeu:

és meu amigo, sagrado Honra, quero que te alegres com minha alegria.

O feio branco deitou corrida pela mata fora. Correndo desaustinadamente, o ar fustigando o rosto melhor secou suas lágrimas, as que não foi capaz de conter.

Havia pedido à feminina que mexesse no corpo do negro. Era agora amargo que a feminina pudesse cair de dupla e terminar seus encontros livres, pela abundância do desejo. Talvez Honra tivesse pressentido o que seria essa entrega amorosa e não estivesse atento. Talvez atentasse agora. Não sabia. Podia ser que lhe parecesse perder o sabor e o gesto da feminina, bem como perdia um pouco a companhia de seu amigo. Quanto tempo teria Meio da Noite para abdicar em favor de suas tocaias, seus diálogos, seus espantos, suas ideias de matança. Quanto tempo seria o negro capaz de passar com ele ao invés de deitar sobre a feminina, aprender com ela o lado mais junto da vida.

Muito do que entoavam um ao outro era apenas sonoro, sem sentido. Partes canoras em certo susto, entoavam à pressa e não se escutavam por completo. Enredados nos sentimentos e obrigados à língua branca, o que pronunciavam podia ser tudo ao contrário. Honra assim o pensou. Meio da Noite assim o pensou. Estavam à deriva naquele desajuste. Escavavam a piroga a fazer cálculos a todos os significados. O feio branco circunspecto, avaro, violento. O feio negro ligeiro, molengo para a tarefa, de sorriso furtivo, um sorriso que o próprio espírito lhe roubava aos lábios. O negro escondia o rosto. Era cheio de tiques. O branco notava. Era torto.

Perguntaram:

uma araponga. É uma araponga.

O canto da ave abeirou. Jamais deixariam de escutar. Era uma lição de intensidade. Nenhuma outra ave se pronunciaria depois. A mata estabelecia prioridades e os feios calaram. Eram pouco na gestão exuberante da mata. Valia mais que calassem por um instante. A araponga fez seu império. Depois, em sua tarefa voou.

*

Então, Pé de Urutago ausentou e seu corpo grande foi para dentro da mata com alguma pressa. Os guerreiros nas pirogas não perguntavam. Os abaeté seguiam suas tarefas por complexidades, eram opacos, não havia necessidade de questionar ninguém, e os que soam moviam-se por lucidez, eram bons na mata que era boa. Contudo, Honra mais levantou os olhos para o negro e o negro já havia levantado os olhos para o grande guerreiro sob as sombras das árvores. Poderia ser que Honra lesse no negro alguma intuição, que o negro fosse uma ciência capaz de noticiar, não sabia muito bem como pensar. Honra soube subitamente que o céu pesaria e se abriria uma tempestade. O vento era levantado num vocábulo mínimo. Era abeirando e o sol ia cobrir. Honra berrou:

vai haver tempestade. Vão nascer nuvens de fogo para acender o clarão.

O negro respondeu:

Pé de Urutago está no cimo das copas.

Os outros guerreiros alertaram. Era ainda um dia limpo. Nada se via. Quando, por uma palavra dita, anoiteceu e o fogo começou no alto lugar das nuvens. Honra berrou:

irmão negro, sinto que é ao nosso alcance o osso do relâmpago. Eu sinto ou eu sei. O clarão virá até junto de nossas mãos. Vê, Meio da Noite, vê. Se puderes, agarra. Será nossa toda a salvação.

Começaram a subir as pirogas atracadas. O primeiro mar haveria de ficar revolto. Nas piores tempestades, ele engolia até pedaços das ilhas. Mordia na mata e navegava para longe tudo quanto se soltasse. Algumas árvores soltavam e todas as que houvessem tombado e fossem dormentes pelo chão flutuavam em conflito sem parar. O primeiro mar tomava para longe muito do que pertencia ao órgão vital onde o começo conservava seu sentido, e talvez o fosse oferecer a lugares apenas silvestres, sem bênção alguma, à míngua de uma graça, de beleza, da gentileza boa dos abaeté. Subiam as pirogas e amarravam para que as águas, se viessem por ali, não as soubessem roubar. Enquanto isso, escutavam-se os fogos abeirando, acendendo a caminho das ilhas, atormentados por suas combustões violentas. Pairavam já à distância. O céu vermelho à distância pairava mais e mais perto. E os bandos afugentavam dali. Os bichos que podiam deixavam as ilhas para se salvarem daquele desafio. Honra entoava:

vê o clarão. O clarão que deita.

Era tão brilhante, tão rápido como acendia e se recolhia imediatamente, que podia ser apenas um modo de partir o próprio olho. Meio da Noite pensava que não poderia haver caça de algo assim. O osso do relâmpago era impossível para a mão de qualquer guerreiro. Ele viu e pensou que os abaeté haviam intuído uma ilusão. Uma ideia impossível para viverem em direcção ao impossível.

CAPÍTULO DEZANOVE
A tempestade

Correram pelo areal ao contrário dos demais guerreiros, que se meteram a caminho da aldeia, a cuidar dos transparentes e das femininas. Correram para o lado das rochas, onde a ilha se erguia e o arvoredo era esparso. Confiavam que, incapazes de escalar às copas como Pé de Urutago, melhor seria que subissem ao dorso limpo de uma rocha e esperassem pelo clarão expostos. Eles expostos à verdadeiríssima vontade. Alguns guerreiros ainda os alertaram, chamando para recolhimento sensato. Mas podiam nada contra a opacidade de ambos. Eram livres para suas decisões. Alardearam como heróis. Foi o que noticiaram na aldeia. Que os feios alardearam como heróis e deitaram corrida para outro lado. A tempestade desceu e Boa de Espanto ainda quis chegar à praia para buscar seu filho. Mas Altura Verde a impediu. Esperariam e fariam as suas preces. A mata haveria de sobreviver Honra. A mata haveria de o sobreviver.

Do cimo das rochas se puseram à espia de como as nuvens passavam avaras de seu fogo, largando toda a água e fustigando com todo o vento, mas mantendo o lume dentro de si. Eram fechadas. Mundos fechados sobre as cabeças dos guerreiros que ainda acenaram, levantaram os braços como para receber alguma coisa que houvesse de cair, mas havia nada senão água e a água solidária do primeiro mar também erguendo e batendo de encontro às rochas. Se mais um pouco piorasse, os feios afundariam ao invés de queimarem a pele no clarão da profecia.

Gritavam no ruído ensurdecedor. Honra queria saber:

vês aquela linha tão dentro da nuvem. Uma linha bem dentro, escondida pelos fumos, pelo fogo. É o osso. O osso que acende para atiçar os abaeté. Irmão negro, acreditas que aquele osso vai cair hoje às nossas mãos.

Meio da Noite não respondia. Em algumas ocasiões, levado pela euforia, pelo tamanho da tocaia, pelo tamanho do medo, pela ansiedade quase descontrolada, Honra não conseguia saber do negro. Ele não estava ali. Era ninguém. Então, buscando pelas rochas escurecidas e sempre sob a tormenta, o feio branco voltava a chamar:

sagrado Meio da Noite, onde estás. Sagrado Meio da Noite, onde estás.

Por vezes, o negro estava mesmo ali, ao seu lado. Quando Honra sentia sua pele ser tocada, ainda que o negro não levantasse a mão, era ali. Estava em sua calma, seu jeito sem luz, mais silente, como à espera. E o guerreiro branco voltava a perguntar:

vês a linha interior, como se estende por dentro do fogo. Vês como está à mercê de cair.

E Meio da Noite respondeu:

daria tudo para que caísse, irmão. Eu daria tudo para que caísse em tua mão à medida de tua crença e de teu sonho.

Podia ser que Meio da Noite não acreditasse e se bastasse com o que acreditava o amigo. Podia ser que não precisasse de acreditar. O osso do relâmpago poderia descer-lhe à mão e à glória pela simplicidade da verdadeiríssima vontade. Assim passaram a tempestade. Eram sem ciência. Não sabiam nada. Procuravam um pelo outro, ao menos para não se perderem um do outro e voltarem sãos, inteiros, sem nenhuma conquista mas também nenhuma perda. Calaram por instantes. Desceram das rochas e assim caminharam em silêncio. Quando, outra vez com alguma aflição, Honra chamava:

sagrado Meio da Noite, onde estás.

E algo como um insecto lhe tocava o ombro e ele escutava:

aqui.

Era ali. Uns passos atrás ou uns passos adiante. Tão visível se tornava como antes se tinha confundido com a sombra mais escura da mata. O negro ainda era ali. E entoava:

lamento muito. Faremos pedidos para que regressem as tempestades. Pediremos que abram os fogos. Acendam sobre as ilhas por generosidade.

Honra sentia-se profundamente só.

As nuvens incendiadas poderiam haver queimado as ilhas inteiras. Num pouco de tempo tudo foi convidado a morrer. Quando abriu o céu em sua pacata normalidade, eram vistas as águas descendo como igarapés sem margens, alagados, derramados sem organização alguma, como sem respeito ou a despeito de haver dignidade e um sentido bom para cada coisa. E, por toda a parte, o que havia se movera também.

Troncos do chão empoleiravam pelas copas. O que restava horizontal se levantara e encostara novamente em pé. As árvores mortas espiavam espectrais por entre as copas vivas das outras. A mata destapara bichos, derrubara ninhos, cobrira tocas, criara novas aberturas junto às aldeias. Os abaeté refaziam suas tarefas, começando a limpar tudo, verificando as malocas, as cercas, as armas, a saúde dos transparentes e das femininas.

Os feios desceram de suas pedras e avistaram os bandos de regresso. Rolaram as pirogas que se haviam virado ao contrário, entoavam nada. A tempestade passara com mais chuvas e ventos do que clarões, e os fogos intensos eram ferozes no ventre das nuvens mas não puderam quebrar seus ovos. Nasceriam depois. Haveriam de abrir o galho ósseo em outro lugar, à mercê de outros povos, quem sabe outros povos dignos tanto quanto os abaeté.

Honra perguntava:

poderão haver outros povos dignos tanto quanto os abaeté.

Meio da Noite respondeu:

muitos. Meus povos. Os meus povos.

O guerreiro branco mais quis saber:

porque tens vários povos.

O negro respondeu:

chegamos de muitos lugares para onde ficamos juntos. Somos de todas as partes. Quem junta é plural. Um povo plural e cada guerreiro ou feminina é plural também.

Honra entendeu. Calou com medo de algo tão grande. Entoaram:
vamos à aldeia.

Nos abraços de Boa de Espanto havia sempre a prova de que não acreditava que o filho houvesse de entardecer. Esperava-lhe a morte, o azar, a partida. Esperava que não o pudesse advertir novamente, não o pudesse salvar de sua condição, de suas ideias, intuições tão enfurecidas, de sua coragem. Boa de Espanto temia que a coragem do filho lhe trouxesse a morte, o azar ou a partida. Abraçou e ele mais quis se ocupar com as tarefas de limpeza para normalizar a comunidade e frustrar sem mais conversa acerca da tempestade. Reparou como assomou Pé de Urutago, tão sem glória naquele corpo imenso. Um guerreiro com tamanho de dois e sem glória. Algo de humilhante se ostentava nos rostos dos abaeté. Assim se calaram para a noite.

A noite, por cansaço e frustração, cobriria as aldeias de certa solidão. Pai Todo chefiara que alegrassem. Por vezes, os abaeté não conseguiam alegrar. Fumavam breves. Temiam. Aguardavam os bandos de regresso. Aguardavam que a mata canora voltasse a cantar e silenciavam suas flautas tão cedo. Era melhor nem dançar. Era melhor nem entoar. Conversariam depois. Quando fossem esquecidos de tanta esperança e frustração. Pai Todo chefiava:
toda a antiguidade para caçar o osso do relâmpago. Todas as tempestades para caçar o osso do relâmpago.

Queria significar que a caça também era uma longa espera. Haveriam de esperar na alegria abaeté. E assim se deitaram todos.

As capivaras abeiraram a cerca como para se assegurarem que aqueles que soam estavam completos. Os tamanduás abeiraram a cerca como para se assegurarem que aqueles que soam estavam completos. As araras subiram à tatajuba, observaram outras aves no regresso e asseguravam que aqueles que soam estavam completos. Lentamente, piavam aves pequenas, as cutias subiam até o cipó. Nem secara nada, já todos os povos da mata boa se contavam. Nas preces dos abaeté todos se abrigavam e eram bem.

Havia mais nada para a noite. Era o que parecia.

Mas o feio branco quis perguntar a Pé de Urutago pela humilhação, porque partilhava dela e não parara de estar furioso e ofendido. O grande guerreiro o levou para longe dos outros e lhe respondeu:

perdoa, sagrado Honra, sou mais um guerreiro condenado do que alguém escolhido para a sorte.

O feio branco quis saber:

que mata branca é a mata de ossos. Eu vi. Estive ali, temi.

Pé de Urutago, nem surpreso, entoou:

a Divindade deitará sua carne por sobre aquele corpo intuitivo e caminhará entre nós. O esqueleto da Divindade aguarda. É ali.

O feio branco perguntou:

verdadeirissimamente.

O grande guerreiro respondeu:
sim. Era muito para ninguém saber. Aqueles que soam não devem ser levados a tão grande ansiedade. E, de todo o modo, por antiguidades que só sabemos falhar.
Honra entoou:
sinto.
Silenciaram ao jeito das criaturas mais tristes. O feio desculpou-se de haver ido pedir sabedoria e tomou um insecto do ar. Novamente incandesceu os olhos sobre o caçado. Entoou mais nada. Pé de Urutago levantou até ao tamanho de uma tatajuba. Prometeu que amanheceriam iguais para escavar a madeira de guaperuvu até que virasse piroga. Apartaram depois.

Interrompido sem motivo de seu sono, Honra sentiu em toda a sua pele o cheiro da feminina. Dois Amanhãs cheirava por todo o seu corpo sem estar ali. A feminina deitava com Meio da Noite e fedia sobre o feio branco. Honra procurou voltar a adormecer, sem ser capaz de adormecer inebriado em tão importante odor. Sentou em seu lugar. Escutou nada. Sua pele chegava a estar líquida. Húmida pelas pernas, pelos braços. Enquanto se livrava dos insectos que pareciam tocar-lhe, estendia as mãos para um lado e para o outro, mas havia ali ninguém. Era sozinho. Contudo, sentia-se tocado e fedia da feminina numa alegria que não podia justificar. Calou. No escuro cego da maloca atirou os olhos sem resposta. Deitou de novo e adormeceu pensando que seu irmão negro suaria Dois Amanhãs. Haveria de a cansar, porque a folia era no ar da maloca inteira, talvez no terreiro todo, na aldeia e até ao cimo das copas.

CAPÍTULO VINTE
Mais abeira o branco

A feminina começou por incomodar-se com a barriga. Eram dores de haver comido algum fruto podre, e não lhe retiravam forças ou deitavam pelo chão. Moíam por dentro, a trabalhar por dentro como se algum animal vivo ali caminhasse, e ela até brincara comparando com o jacaré do negro. Todos lhe respondiam que o espanto abria sua boca e a boca aberta engolia de surpresa. A feminina sorria mas aquela dor era persistente. Atarefada, alguma coisa se impunha à sua atenção, turvando cada gesto, obrigando todos os instantes a ponderar que seria, o que seria aquilo agora. O que doeria dentro do corpo belo de Boa de Espanto.

Deitou mais cedo, desculpando-se, havendo cantado quase nada, havendo nem comido mais, porque lhe parecia estar ainda muito cheia. Deitou, e Altura Verde deitou também para ser junto com ela, mais entristecido do que preocupado. O guerreiro a festejou. Entoou nada. Olhou no escuro e afundou lentamente no sono quando se convenceu de que sua dupla afundara calmamente no sono também. Mas Boa de Espanto era desperta. Permanecia quieta, contudo ia em seu sangue uma pressa. Ela começou a perceber como o sangue fugia pelas veias. Os igarapés vermelhos pelo interior da feminina ferviam, ela fervia, ganhava temperatura. Pensou que o peito haveria de rebentar, abrir para deitar fora o coração, não ter mais sangue. Não podia dormir. Pensou que cozinharia inteira por dentro, suando e perdendo o ar. Os pulmões desistindo.

Muito depois, quando a comunidade inteira adormecera, ainda doendo estranha, a barriga de Boa de Espanto sempre remoendo pelo interior, a feminina levantou e não tomou conta de seus passos. Saiu ao terreiro. Talvez tenha demorado um instante ali sem ninguém. Estava o luar gigante. A mata cintilava. Escolheu andar para um lado, para o outro. Circundou várias vezes o terreiro numa clara forma de hesitar. Então, entrou em outra maloca e, muda, vendo quase nada, ajoelhou onde Honra dormia certamente sonhando suas caças à fera branca. A feminina deixou de pensar. A escuridão intensa nem permitia que estivesse certa de aquele ser seu filho, mas ela ali ajoelhou e parou de mover.

Adiante na noite, Altura Verde despertou reparando logo que sua dupla era ausente. Afligiu. Teria descurado suas dores, seu incómodo. Teria sido ignorante em significar o que lhe doía, que razão haveria para aquele sentimento. Fora ignorante por adormecer. Levantou e apressou para fora da maloca espiando o terreiro, a mesma calma prosseguia, havia ninguém, o luar acendendo tudo ténue, o silêncio da comunidade ressonando sem guerra. Altura Verde tomou alguns caminhos que imediatamente abandonou. Ela não sairia da aldeia. A imprudência de alguma feminina passar a noite depois da cerca era inconcebível. Estaria por ali, empenhada com sua dor, talvez adormecida em outro canto depois de se ter levantado sem sono. O guerreiro buscou e ocorreu de buscar na maloca onde Honra haveria de dormir. Foi por um frio nos ossos que Altura Verde entendeu que aquela teria de ser a resposta para tão súbita ausência. E ali viu, na mesma escuridão, o corpo ajoelhado de Boa de Espanto e isso lhe pareceu mais triste e ele fez a tristeza. Ajoelhou também. Subiu seu braço por sobre o ombro da feminina e quis ver o que seria do filho mas via-se nada. Era unicamente o ruído no ar. Ressonava o guerreiro branco como se existissem apenas seus pulmões e suas partes canoras. Altura Verde pensou entoar algo baixinho. Pedir à sua dupla que regressasse. Dormiriam, então. Poderiam conversar um pouco, caminhar pela aldeia, beber água, molhar o rosto, fumar. Mas o guerreiro não proferiu palavra. Calou e, ao invés, permaneceu ajoelhado igual. Eram os dois ajoelhados escutando como respirava profundo o filho branco. Demoraram ali. Até que o sol começou pouquinho e logo se conseguiu ver.

Quando o sol começava pouquinho, o primeiro abaeté que acendia era Honra. A alvura de seu corpo acendia com facilidade à força das manhãs.

Via-se bem como Honra permanecia estendido. O seu tamanho e a sua cor. Em algum momento, era bem visto seu rosto. Boa de Espanto, com Altura Verde, viu o rosto do filho, e entoou:

este é o rosto da fera inimiga. É este o rosto da fera inimiga que feriu o filho em meu ventre. Assim o vi diante de meus olhos. O mesmo pouco verde atirado ao vazio. A mesma impressão de ser uma iluminação caída do céu. A força e o som de uma fera cujo corpo quase não difere do brilho.

Então, Honra despertou e perguntou:

sagrada mãe, o que acontece.

Altura Verde tomou a feminina, que levantou num só gesto, e apressou o passo dali para fora. Boa de Espanto, atónita, entendera que o filho crescera o resto do inimigo. O filho tanto quisera acreditar que sua fealdade denunciaria a fera que ela mesma, incrédula, lembrava agora. Honra imitara o rosto do branco. Era branco e em tudo soubera imitar o branco. Altura Verde respondeu:

o teu inimigo mais abeirou. Tua lembrança abeira o inimigo. Ele vai ser encontrado pelo nosso povo e nosso povo vai caçar. Quando tombar, o educaremos. Será inteiro na alegria abaeté. Não haverá mais sofrimento. Entoa de novo. Boa de Espanto, entoa de novo. E a feminina entoou:

eu colhia frutos. Seguia a cobra amistosa sem medo e sem pressa. Havia decidido banhar-me mas esfaimava pelo doce dos frutos que estavam muito frescos e eram bons. Tirava--lhes as cascas, saboreava suas polpas e bebia. A mata estava quieta e os pássaros acompanhavam. Era tanta a alegria que eu espiara meu rosto várias vezes na água mais parada para ganhar coragem de me mostrar a algum guerreiro. Eu acabara de decidir que seria dupla, teria filhos, estaria madura para as folias da fertilidade. Eu queria muito e co-movi. Chorei. Entoei os nomes de meus pais para abeirar seus espíritos, queria estar acompanhada, eu cantei seus nomes e muito cantei à Pedra Que Soa e tive a certeza de os ter comigo. Éramos muitos subindo pelo igarapé e eu bebera água, não tinha sede. Estava comendo muito. Depois, eu saí um pouco de junto da água, eu julguei estar quase na aldeia subida, iria cumprimentar os que soam, ver tantas saudades, eu ia. Mas fiquei num pouco de mata a comer mais frutos pequenos e distraí porque não escutei qualquer ruído quando o animal branco me tombou. Senti uma pedra na cabeça, atrás, até arrancando meu cabelo. Despertei no chão e minhas mãos estavam livres, eu guerreei imediato tomando um galho com que furei seu peito. O galho entrou seu entrançado fino e cortou sua pele. Ele moveu para me prender, minha mão, a palma toda, pousou em seu peito e eu senti como era aparato. Feriu. Apressou esmagando meus pulsos no chão. Entrou no meu corpo e beijou minha boca. Fechei. Eu quis olhar para dentro, virei cabeça toda e não precisava ver mais seu rosto, vira bastante, um só esgar seria suficiente, eu julgava. Ele amainou muito rápido. Era de folia aflita, cheirava mal, apodreceu minha boca. Eu quis beber para lavar minha boca e pensei levantar para fugir quando deixasse meus pulsos. Mas ele amainou e bateu. Eu sentira muitos cortes, mas julgo que apenas me cortou então porque fazia minha morte. Fez minha morte inteira. Parei todo o movimento por estar morta. Esperei que meu espírito entendesse o que fazer, caminhasse nesse sopro por onde abeira e afasta a encantaria. Mas continuava vendo através dos mesmos olhos do corpo. O inimigo levantou de mim, enfim satisfeito, pensando também que eu era só morta, mais nada. E olhou meu rosto e eu olhei seu rosto, o mesmo de Honra. Saiu pela mata, escutei seus passos logo desparecendo e esperei. Não entendi o que fazer porque não podia fazer nada. Não movi um dedo. Eu quis muito mover para ameaçar o animal, mas não tinha como. Comecei meus pensamentos igual a dialogar porque eu queria ajuda. Perguntei à Pedra Que Soa como aninharia meu espírito. Depois, chamei o nome dos meus pais e a Voz Coral entoou: teu ovo sonhará um guerreiro. Pensei que meu ovo haveria de eclodir naquele instante e eu queria mover para tomar meu filho. Queria muito mover. E alguma coisa mordeu minha perna, algum bicho seguramente mordeu minha perna e senti e acreditei que, se minha morte permitia ainda sentir o corpo, levaria o corpo de volta à aldeia para ser abrigada. E eu movi. Julguei muito estar movendo na morte e talvez fosse o jeito de ser levada à encantaria. Talvez eu mesma tivesse de carregar meu cadáver só mais aquele caminho, para exalar o espírito juntinho à Pedra Que Soa e ficar pela eternidade em paz. Então, movi mais. Educaria a minha própria morte tanto quanto me fosse pedido e fosse capaz. Eu educaria. Na Voz Coral, escutara o timbre das vozes dos meus pais. Eu alegrei pela tanta sorte de os haver chamado para me acompanharem naquela tarde. Estavam os seus espíritos tão abeirados que alegrei. E então entoaram novamente: não aninharás teu espírito. Teu filho guerreiro haverá de crescer e haverá de te amar. És viva, Boa de Espanto. Tu és viva. E eu vivi. Entendi que minha obrigação não era com a morte. Estava obrigada com meu ventre. O inimigo destruiria a carne abaeté mas jamais o espírito abaeté. Quando enganei o caminho em direcção ao areal, fui chefiada de enganar. Era para te encontrar, sagrado Altura Verde. Era ao teu encontro, parte de minha inteira salvação. Lembro bem. Lembro bem. O inimigo mais abeirou. Está pela mata. Ele está pela mata. No outro lado do primeiro mar. Nas nossas ilhas distantes.

 A comunidade foi alertada. Honra ergueu sua pior fúria. Do meio do terreiro, o negro berrou vinte onças. Os abaeté estavam na pior guerra. Seus sangues eram revoltos tanto quanto o primeiro mar durante a tempestade.

CAPÍTULO VINTE E UM
A palavra abissal

A mão vermelha de Dois Amanhãs sobre o peito negro de Meio da Noite era um pouco de fogo aberto num lugar onde tudo parecia haver ardido. Os seus corpos tinham algo de profundo desencontro e ávido entendimento. Assemelhavam-se na distância. Como dois tempos distintos de uma mesma coisa. Haviam convivido por cumplicidade e afeiçoavam à lentidão, tinham nenhuma pressa, certamente incautos. A mão vermelha de Dois Amanhãs afagava aquele peito agora aflito, que entoava:

se o sagrado Honra precisar de navegar, eu precisarei de navegar.

A feminina pedia que não partisse. Caçar o inimigo depois do primeiro mar, na maior ilha distante, era memória de muito poucos abaetés, a ancestralidade ensinava a pertura das aldeias, ensinava o equilíbrio daquelas caças e pescas, sabiam de muito cultivo, faziam uma vida grande no lugar tão perfeito que habitavam. Domesticadas as sementes, tão simples dádiva abundante, as lonjuras eram sempre mais arrogantes. As ilhas dos três mares bastavam. Agigantavam ainda mais por dentro. Por dentro de cada um. E só quem não sabia a paz ponderava a ideia triste de partir. Ela assim insistia mas o negro tomava sua mão de fogo, beijava com suavidade e repetia:

se o sagrado Honra navegar eu navego.

O feio negro, peremptório, era já um pouco longe.

Dois Amanhãs correu a Pai Todo e logo se melhorou nas palavras para merecer sua atenção, a pedir que intuísse um impedimento para que os feios partissem. Ela entoava:

sagrado Pai Todo, nosso santo, Honra decide navegar. Faz com que fique. Temo que afunde, que seja mordido por peixes com bocas de dois jacarés, dez jacarés ou vinte, vai ser caçado por todos os cuspes, todos os ferros, ele estará diante das mil feras brancas que o haverão de matar até ao último pedaço. Peço-lhe, sagrado Pai Todo, faz com que fique. Faz o feio ficar.

Eram ainda as palavras de Dois Amanhãs e já os feios se prostravam também aos pés do santo. Honra pedia:

santo, deixa-me ir. Atravesso toda a água que houver para chegar ao inimigo essencial. Mato e regresso debaixo de nossa alegria. Sagrado Pai Todo, eu montarei o tremendo animal líquido e não morrerei nem para ir nem para voltar. Deixa-me ir. Escuta na Voz Coral meu caminho e aponta minha navegação. Vamos matar esse inimigo que atormenta minha mãe e me atormenta. Por nossa dignidade. Seremos alegres, depois. Seremos para sempre alegres.

O pajé fumou sentado. Sua majestade era matutina, muito começadora, como se acabasse de chegar do sono ou de uma visão. Estava fresco, quase frio, os olhos fechando de ainda não frequentarem a luz. Ele demorava. Os feios e Dois Amanhãs ansiavam agora silentes. Mais demorasse seria certa a Voz Coral em seu ouvido e a prudência haveria de gerar em suas respostas.

Quando o santo suspirou, Honra, Meio da Noite e Dois Amanhãs abateram novamente aos seus pés e escutaram:
a guerra abaeté é uma defesa, não é um ataque. Terás de decidir se, guerreando para atacar, haverá condição de regresso e se saberás ainda maturar para a nossa alegria. Não há caminho senão esse, o da alegria.
Honra insistiu:
mas se o inimigo abeira. Está nas ilhas. Sua proximidade é ameaça, requer defesa.
Então, o santo respondeu:
tu inteiro és a máscara do branco. Um abaeté mascarado. E abeiras o animal inimigo nesse perfeito disfarce. Sabes sua língua. Poderás passar apenas para observar, ver de perto como sobrevive e para que sobrevive. Eu esperava de ti esta partida, mas nossa necessidade é com outro medo que não a raiva da vingança. Nossa cultura é sob a ameaça de uma palavra abissal. Uma ideia que preda o modo como vivemos, o nosso tempo concreto, sem mentira.
O feio perguntou:
o que preda. Que ideia é essa.
O santo respondeu:
uma mentira sobre o tempo que nos impede de viver quando somos e nos adia para quando jamais haveremos de ser. Chama-se futuro. É uma ideia para onde tudo cai, os que soam, os bichos, as matas, os mares, o mundo inteiro, até a morte e a encantaria. O futuro é a ideia branca que abre por sobre todas as palavras para as adoecer, e por sob todos os pés

e todas as raízes, obrigando à pronúncia apenas depois, num depois que, por definição, não acontece.

Honra entoou:

não sinto.

O santo entoou:

és despreparado para a tarefa de abeirar o branco. Se partires, talvez não saibas como voltar. Ficarás à deriva nesse inimigo vocabular que te levará da lucidez abaeté. Estarás fora da lucidez abaeté. Angustiado como se angustia o animal branco por sucumbir ao predador que ele próprio imaginou. Honra, se partires, poderás jamais escapar da língua suja que habita agora tua boca, a toca do espírito, ficarás a entardecer no que entoarás criando apenas o sofrimento inimigo. Um sofrimento cada vez maior e sempre mais apartado da alegria. Irás para branco. Cada vez mais branco, explicado por sua língua até que ela renasça cada coisa e todas as coisas sejam sua fealdade para sempre.

O guerreiro branco respondeu:

não sinto.

O pajé entoou:

és torto.

Honra entoou:

partirei. E saberei voltar. Eu saberei.

O santo respondeu:

todos te amamos, Honra. Só seremos capazes de te amar.

Chorando, Dois Amanhãs perguntou:

e eu, que farei.

O santo respondeu:

fiarás o mais delicado colar. Como todas as amorosas, adornarás o peito do guerreiro que amas se ele houver de regressar. Depois, sofrerás o que ele obrigar e sonharás que haverá ainda alegria. Tu e toda a comunidade assim sonharão.

Pai Todo levantou e chefiou que a comunidade chorasse. A comunidade chorou.

Os feios, por obstinada guerra, eram longe. Ambos longe. A aldeia escorria de sob os seus pés.

CAPÍTULO VINTE E DOIS
Trinta modos de matar o branco

Imitou, na água limpa, vezes sem conta, o arrependimento imprestável do animal branco, porque o mataria sempre. Mataria, desimportado com sua humilhação, seu desespero, súplica ou tristeza. Imitou o branco assustado, distraído, dormindo, imbecil, mais assustado ainda, ingénuo, doente, morto, acabado de morrer. Imitou o branco humilhado, culpado, condenado, seu espírito desfeito para os eternos, pedindo perdão, em pânico, morto, acabado de morrer. E ele vendo sobre sua morte. Então, começava a cantar. Entoava:

cobra amistosa, nosso sagrado igarapé, obrigado por tão grande ajuda.

O feio branco mais cantava e ficava ansioso, pedindo a Meio da Noite atenção e pressa.

O grito de ferro era sem cuspe. Muito o observaram e tornava-se simples entender que não cuspiria. Faltava sua flecha. Tomaram lanças e lâminas. Tomaram pedras e venenos. Matariam o branco sem piedade.

Se dormisse, não acordaria mais. Se olhasse para cima, seria cortado por baixo. Se nadasse, afogaria sem poder atonar de novo. Se comesse, entortaria de estômago pelo veneno. Se levantasse a cabeça, a partiria numa pedra voando. Se chamasse por outro, a boca aberta comeria a flecha. O branco não faria nada sem que resultasse na morte. Quando o avistassem na mata, cada gesto do branco seria o último e logo sobraria como uma carne atrapalhada no chão. Talvez nem o quisessem levar ao coto da figueira, talvez nem o abrigassem. Seria deixado sem dignidade para que a mata devorasse sem ritual nem memória.

Os feios subiam suas armas pelo corpo e debatiam como sairiam imediatamente para a caça. Honra não perderia tempo. Ele próprio se convencia de cheirar a fera inimiga. Era de nariz no ar, e Meio da Noite entoava nada, só obedecendo. O guerreiro branco sacudindo os braços, limpando da pele os insectos que nunca conseguia ver, e apressando mais ainda, numa fúria que lhe trazia uma estranha alegria. Mataria o animal. Tardaria nada a matar o animal.

Então, feios também de suas pinturas de pior guerra, feios também de suas piores fúrias, sentaram diante da Pedra Que Soa e a viam combinando suas forças. Honra entoava:

somos fortes como unos.

E Meio da Noite respondia:

somos juntos.

O guerreiro branco acrescentava:

mataremos o inimigo e faremos muita alegria, cantaremos, tocaremos as flautas, dançaremos até ao amanhecer. Passaremos o cachimbo e seremos celebrados pela comunidade.

O negro calava. Outra vez se ausentava de quase não estar ali. Honra precisava de o olhar duas vezes para estar certo de o ver. Voltava a entoar:

cortarei, pisarei, usarei o veneno em cima do corte, mesmo depois de pisar, e depois de apedrejar e de abrir, eu vou ainda envenenar e cortar mais por dentro para deitar logo metade das porcarias pelo chão, e talvez corte imediato a cabeça, e mesmo cortada, eu vou envenenar. Escorrerei por sua boca para que engula e morra mais ainda. Quero que esteja muitíssimo mais morto do que apenas de cabeça cortada. Sabes, irmão. Quero que esteja muitíssimo mais morto. Que seja o animal mais morto de que alguma vez se escutou. Rezará a sua lenda acerca do dobro da morte. Acerca do triplo da morte. Acerca do absoluto da morte. Se o lembrarmos, será apenas para garantir que nada nele vive. Nada. Que seja tão morto que ninguém o possa lembrar nem que queira.

E o negro respondeu:

por corte nenhum mudarás tua pele. Melhor para te cobrir a pele é o sentimento. Um sentimento melhor.

Honra levantou e caminhou um pouco sem rumo. Era em redor do tronco onde haviam sentado. Não queria dar sentido ao que o negro lhe ensinara e era tão habitual não descodificar o que conversavam. Era subitamente sem negro. Olhara. Estava ali ninguém. Pensou que alguma coisa covarde se colocava entre os dois de cada vez que as palavras se tornavam insuportáveis, tão absurdas ou verdadeiras, tão à revelia de sua vontade. E ele chamou:

sagrado Meio da Noite, onde estás.

E sentou. Meio da Noite respondeu:

queria saber o que o branco diria de teu rosto. Esse teu rosto igual. Queria saber o que haverá no seu interior perante um filho.

E Honra saltou alterado.

Filho nenhum. Filho nenhum.

Berrou.

O animal branco não teria conceito amoroso. Saberia nada sobre o cuidado entre pais e filhos, o orgulho e a ternura. Como chorariam em elogio mútuo. O guerreiro branco não queria ofender-se com o amigo mas era-lhe ofensiva a ideia de ir ao encontro de um pai. Prepotente, chefiou:

sigamos para o areal. Sigamos às pirogas e naveguemos.

Quis mover-se mas o corpo desobedeceu. Toda a sua pele poderia ser agora tocada pelos bichos que jamais conseguira ver, retido que ficou ali mesmamente sentado, atónito. Mais do que se coçar, arrepiou. Um medo imediato o percorreu. Um medo triste.

Naquele instante, Meio da Noite entoou:

vejo, irmão. Vejo a Pedra Que Soa. Não apenas o que sabes ver também. Vejo como se agiganta e quase retira o céu do lugar. Como existem no alto aves bizarras ou são corpos de animais que não conhecemos. São de pernas altas e balançam, como transparentes a brincar. Observam-nos sempre sorrindo. Para os encantados, todos os caminhos são para aquela salvação. E tomam sol. Estão frescos na brisa levantada ao cimo, muito mais altos do que as copas mais altas da mata. A Pedra Que Soa é para muito depois da altura da mata. Irmão, é tão grande que quase vejo mais nada, como se o mundo inteiro subisse do chão e fosse vertical. Eu vejo. Peço-te que não comovas. Existi só para te conhecer. Eu existi só para te conhecer. E assim é bom. É bom.

Honra respondeu:
suplico que não me deixes agora, que não desapareças na sombra mais convicta, que não morras, não me abandones, não deixes de me responder, não pares de entoar. Suplico, irmão negro, que sejas alguém. Logo agora que sairei pelo mar em torno de nossas ilhas à morte de meu inimigo. Suplico que feches os olhos e não vejas o que juras estar a ver. A Pedra Que Soa é à disposição dos deitados a encantar e tu não encantarás, estarás vivo e cheio de glória. Por favor. Promete-me que vomitas o jacaré, berras vinte onças, acendes a pele, mas não separas de mim, não separas de mim. Estaremos diante de nosso inimigo e voltaremos com seu sangue, amados por todos os nossos povos, como dizes. Eu, tu e nossos povos. Meio da Noite, onde estás.
Meio da Noite entoou:
aqui. Estou aqui.
Honra limpou o insecto que não viu em sua pele e mais suplicou:
toma minha mão. Fecha os olhos. Verás apenas quando estivermos à distância, encobertos pela mata, no outro lado, junto ao primeiro mar para navegar as pirogas à morte do branco. Anda. Não vamos comover. Vamos guerrear o pior que formos capazes.
Os feios correram como puderam e Honra apertou a mão do negro para ter a certeza de que o negro jamais sumiria e quis até que para toda a vida assim ficassem. Que nada lhe tirasse aquele toque de verdade, o tamanho do negro agarrado

por si, em direcção a todas as coisas. Honra quis que o negro não pudesse apartar. Pensou:

não me morras, Meio da Noite. Sinto que és no meu lugar, confuso comigo, por teus pulmões em parte respiro, por teus lábios em parte sorrio, por tua paciência em parte medito. Minha inteligência, em parte, és tu. Minha coragem em parte és tu. Sinto que há necessidade nenhuma de sermos dois ou nenhuma possibilidade de prosseguirmos sozinhos. Meio da Noite, não escureças que te apagues. Não desilumines que te apagues. Não silencies que não te volte a escutar. Entoa, meu irmão. Entoa por mim, por teus povos que precisam de ser contados, precisam de ser amados na mais pura alegria de que formos capazes. Meu irmão não deixes minha mão.

E Honra entoou:

não deixes minha mão. Segura com toda a força e corre. Não deixes minha mão.

O negro talvez tivesse sorrido. Alguma coisa na ternura de Honra se tornava uma comunhão que fazia tudo ter valido a pena. Também o guerreiro branco, sem maturidade para o entender logo então, pressentia que jamais se perderiam por completo. Aquele sofrimento valeria toda a pena.

CAPÍTULO VINTE E TRÊS
O silêncio de vinte onças

Tomaram duas pirogas para atracar escondidas em lugares diferentes e garantir que ao menos uma teriam para voltar. Montaram ao primeiro mar. Navegaram imediato para adiante, para as ilhas adiante de onde quase sempre noticiavam a chegada dos animais brancos. E Honra não parava de chamar:

sagrado Meio da Noite, navegas bem. Tens medo. Não tenhas medo. Já atravessaremos a água. O tremendo animal líquido é bênção.

O negro respondia:

falta pouco. Avisto a mata adiante. É a mata depois do mar.

Os feios mais navegavam, e a mata depois do mar via-se numa linha muito longa, quase infinita, que estendia mais do que abeirava. E eles navegavam e o sol deitava quando eles duvidavam:

faltará tanto assim. É tão à vista que parece perto. Mas não chega.

E Honra respondia:

é quase. É quase. Eu sinto.

E o negro acrescentava:

é quase, é quase. Continua, Honra. Continua.

O sol desceu e a noite apagou o negro por completo, quando o guerreiro branco enfim comoveu:

Meio da Noite, onde estás. Onde estás, irmão negro, animal magnífico. Onde estás. Entoa que estás bem, que vens comigo, que existes, deita a mão à minha por sobre o mar, peço. Volta a dar-me a mão. Onde estás em tanto mar e a mata que não abeira. Onde está a mata. Animal sem explicação, sagrado, meu amado irmão negro, onde estás, que não te sinto, minha pele sente nada, nenhuma companhia, nenhuma intuição senão a necessidade urgente de te ver. Não és tão desiluminado que não te veja ao luar, mas sei que sobes de qualquer sombra, uma sombra com vontade de mover diferente daquilo que a cria, e eu preciso tanto de saber se ao menos estás bem. Tenho agora a impressão de te haver sonhado, inventado em cada pressentimento por tanto me faltar alguém. Talvez sejas a fera com que sonhei, meu companheiro de salvação, eu não sei. Quero que regresses e que tomes minhas armas, meus adornos, minhas palavras, minha vida, será teu o destino, mas não sucumbas, não tombes. A tua vida não pode mais ser adiada. Ondes estás.

Deitava por fora da piroga a mão, como quem vasculha no vazio o corpo de alguém. Sentia nada. Não era tocado. Nem outra piroga e menos outro guerreiro. O mar estava desocupado. Sem ninguém.

Mais berrou suas palavras o guerreiro branco e a piroga navegou sozinha já educada pela maré. No desespero de se saber desunido, Honra imaginou ou berrou vinte onças.

E o som tremendo que era do negro vociferou pelo mar e a ondulação afeiçoou um caminho que foi levando a piroga.

O feio cantou:

antes do meu pai teu pai sonhou, antes de minha mãe tua mãe sonhou, quando se proferiu meu nome o teu nome abeirou, meu corpo caiu onde teu corpo agarrou, para o tatu não é bom exterior, para o amigo só é bom um pouco de exterior, por cada ilha se faz uma mata, por cada compromisso se faz uma ilha.

Era por toda a parte a noite e por toda a parte podia ser o corpo de um negro exalado no ar. Via-se tanto pelo luar, e via sobretudo como tudo era sombra, espaço de ausência em que se distinguia nada entre água e alguém, se alguém houvesse de ser negro e navegar por ali. Honra espiou e cantou sempre comovido para não aceitar que o amigo houvesse partido, afundado, desistido de ser imaginado. Recusava-se a imaginá-lo. Queria que fosse ali inteiro por si só, para lhe repetir as advertências, o juízo. Queria escutá-lo sem engano. O guerreiro branco julgou que Meio da Noite era sua verdadeira arma. Sua arma melhor contra as guerras inimigas.

Enquanto o tremendo animal líquido o dirigia sem mais resistência, o guerreiro branco cansava sua arte canora e repetia para si mesmo que o irmão estaria à espera no regresso. Era isso. Pensara talvez que aquela tocaia lhe pertencia por direito. Uma tocaia fundamental em que glória nenhuma se dividiria. Depois de morta a essencial fera branca, voltaria e Meio da Noite estaria no areal levantando os adornos mais vitoriosos por sua dignidade.

Honra entoou por sobre o mar:
navega para a aldeia. Prometo que meu afastamento é uma pressa para regressar.

Honra imaginou ou gemeu o silêncio de vinte onças e a terra estava à sua espera sem feras. O areal daquela ilha era amplo, e as pirogas gigantes do animal branco estavam atracadas, abertas ao luar, e tão perto se avistavam coberturas bizarras que fogueavam também no interior. O feio viu o fogo e soube que encontraria o animal inimigo naquela proximidade tão grande. Estava sozinho no lugar invadido pelo inimigo. Era sozinho. Carregava sua fúria e sua tristeza. Tomou suas armas e pensou que teria de matar para poder ir embora o mais depressa possível, a cobrir-se de sua mata, de seu povo, da alegria que sobra. E mais pensou que o amigo haveria de existir nem que apenas onde o deixara, a partir daquele ponto do mar, como alguém que não respira fora de certo ar. Mais pensou que urgia tanto em matar quanto em voltar e duvidou. Quis voltar mais do que matar. Seria tão mais alegre se não houvesse de guerrear nada e partir. Seria tão mais alegre se tivesse o amigo de volta, ao invés de menos um inimigo.

Aguardou. Era importante prestar atenção àquela mata. Saber de que perigos se fazia. Ao silenciar, escutou as vozes quase corais que vinham de entre o arvoredo para o seu lado esquerdo. Foçou para espreitar. Rastejou, apequenando seu corpo e espreitou. Eram acorrentados mais de cinquenta negros, tão negros quanto Meio da Noite, dispostos à fogueira comendo. Faziam um círculo e entoavam tão dolentes que suas vozes mais pareciam também combustão. Seus corpos não eram todos como o do guerreiro que ficara pelo mar. Eram débeis. Femininas débeis, magras, pendidas sobre seus ventres a comer um nada de mandioca. Era talvez mandioca. Honra não moveu mais. Sabia bem do que lhe contara o negro acerca do serviço ao animal branco, como se fazia de ser batido e aprisionado. Ouvira sobre as mortes, sobre os negros usados sem licença nem perdão. Então, viu como um inimigo branco deambulava livre pelas costas dos povos cativos. Era livre e atento, de arma na mão, até o grito de ferro. Era horrendo de alvo. Honra tomou sua flauta de envenenar e cuspiu a pequena ponta ao pescoço do animal branco que se afligiu um quase nada e logo tombou. Os cativos barulharam num entusiasmo assustado. O feio branco, carregado de suas armas, seus adornos, suas dores, alumiou ao fogo e entoou:

ao fundo deste mar fica um mocambo. Sei prometido por muitas ciências. E se não houvermos de morrer de tanta água, não morreremos de terra alguma quando estivermos ali sem inimigo.

Os negros assustaram mais, sem traduzir inteiramente o que ia na boca de um branco tão diferente, apassarado de penas e pinturas. E o feio repetiu:

abriremos vossas prisões e deitaremos ao mar nas pirogas gigantes até à aldeia dos negros.

E os cativos já haviam tomado o grito de ferro das mãos do animal tombado e outros ferros com que se soltavam num silêncio apressado, feito de nervos e urgência, alegria sem fim. Empunhavam o ar, discutiam entre si um quase nada que era todo fuga e Honra sempre prometia que para lá daquele mar ficava o mocambo, e os libertos começaram a escutar de verdade e a entender. Era a notícia do mocambo. A oportunidade de afugentarem para onde o inimigo não havia ainda. Haveriam de navegar as pirogas e afugentar. O feio entoou:

mas antes de poder partir busco o animal de rosto igual ao meu. O inimigo branco que me feriu ao ovo de minha mãe. Matarei o animal de rosto igual ao meu. Só então poderei partir.

Um tardio dos negros abeirou, tocou Honra para se expor à luz e observou. Talvez não fosse tão copiado de seu pai. Talvez pudessem ser tantos brancos assim. O negro melhor observou e não queria precipitar-se. Liberto de suas amarras, o guerreiro assumiu a dignidade de preocupar com a angústia do desconhecido. E entoou:

ali.

Subiu o braço, apontou numa direcção, havia uma cobertura estranha que igualmente fogueava no interior. E repetiu:

ali. Há um igual ao teu rosto. Muito mais igual do que os outros. É ali.

Depois, acrescentou:

faremos fogo no que fica. Navegaremos nas únicas madeiras salvas. Esperamos por ti, branco diferente. Esperaremos por ti, mas corre. Não é agora possível adiar o futuro.

Ali estava a palavra abissal do futuro, para onde caíam todas as coisas afinal sem regresso. O guerreiro branco não atreveu a repetir nem a perguntar. Seu som era bastante para amargar tudo em redor. Pensou que os povos negros eram já dentro do sofrimento branco. Estariam para sempre condenados a padecer da doença que aquela língua suja imaginara.

A cobertura era quieta. O animal branco sentava numa madeira erguida. Olhava para as folhas de nenhuma árvore. Nem palmeira nem outra mais lisa ou gentil. O branco olhava para as folhas de nenhuma árvore e contemplava talvez seus detalhes, como maravilhado e calmo com seus detalhes. Quando Honra apontou sua lança, tão convicto de que apenas mataria para o matar demasiado, sem diálogo nem muito ver, imediatamente cortando a cabeça, envenenando a boca, mesmo que depois, quando já morto para ser ainda mais morto, o feio hesitou. Ele quis ver. Pensou:

não sinto.

Demorou a ver o animal branco vazio, como deitava sobre as folhas pálidas adornadas como peles. Que presciência seria aquela, o que contariam as folhas em seus veios negros. Então, Honra entoou:

vim para te matar, animal horrendo, mais horrendo do que os outros, que feriste minha mãe, e eu sou a ferida sem ter cura. Sinto que estarei sempre à distância de meu próprio nome. Incapaz de lá chegar.

A lança junto ao pescoço do inimigo que levantou a cabeça silente, aterrado de surpresa, e igual era o seu rosto. Poderia estar a ver-se nas águas mais macias do igarapé, duplicado cuidadosamente. Sob suas pinturas e adornos, orgulhoso em suas penas, seus ossos, seus colares, o guerreiro branco voltou a entoar:

morrerás tanto que verdadeirissimamente serás esquecido.

Assim o declarou mas, ao invés de investir, furar a pele e a carne do inimigo, Honra notou como era quieto, pasmado diante de sua semelhança. Notou como o animal pareceu até aceitar que morreria e era à espera, as mãos pousadas nas madeiras altas onde as folhas de nenhuma árvore se estendiam. E Honra concebeu o que Meio da Noite lhe entoara. Que era filho daquele animal.

Meu pai.

Pensou.

O que justificaria sua língua suja, sua maldade. Como explicaria sua guerra contra a gentileza. Como haveria de explicar a ferida em Boa de Espanto. E o animal pareceu querer entoar. Entreabriu os lábios e quase se escutou o pouco de uma palavra, mas Honra abeirou a lança e ela entrou quase nada a pele, que chorou um sangue ínfimo. Era tão pequeno corte que o animal continuou sem mover e apenas emudeceu continuamente. Entoaria nada. O feio não queria escutar. Não podia escutar. Mas respondeu:

és ao tamanho do vazio. A fera torpe e sem acordo. Fede tudo na tua existência. Não és meu pai. És o excremento do qual infelizmente fui pronunciado. Mas lavarei de mim esta fúria. Eu lavarei de mim a fúria. Um abaeté não odeia senão pela obrigação de defender. Ficarás com teu futuro, essa mentira que propagas, e eu estarei liberto entre meus povos, pronto para te matar no instante em que abeires para atacar.

O guerreiro branco amarrou o animal às madeiras, correu pela boca um tanto do seu próprio entrançado fino e assegurou que ele não levantaria nem faria som. Era adiado. Faria nada. Olhou como sobrava no chão e pisou a cabeça. Ligeiro e depois um nada mais forte. Pisou levemente. O rosto sempre vivo haveria de diferir do rosto de Honra ao menos por um instante. Naquele instante em que o pai se deixava morrer e o filho decidia não matar. Era a assunção do vazio por parte da grotesca fera, e a reclamação da grandeza por parte do guerreiro que maturava para a plena gentileza abaeté. Naquele gesto, distantes um do outro pela miserável vergonha e pela esplendorosa coragem de admitirem a vida do inimigo, os dois desfiguravam a semelhança, batiam a água macia do igarapé e terminavam de se imitar. Existiam sem relação. Iam ser sem relação. O animal respirava mais aflito mas sempre quieto. Resignado. Era vivo. Sempre vivo. E Honra ausentou da cobertura e pensou:

Altura Verde me perdoe o que fiz a um pai. Única importância é a gentileza de Altura Verde, o cansaço de ter afecto por mim, de cuidar de gostar de mim mesmo durante os erros que cometo.

Caminhou em direcção às pirogas gigantes, que o aguardavam entre outras que ardiam, as coberturas ardendo em toda a parte também, e os animais brancos mortos em todo o areal. Caminhou veloz, seus adornos e suas armas eufóricos, e berrou:

sagrado Meio da Noite, vou com nossos povos. Meu irmão magnífico, eu parto com nossos sagrados povos.

E os negros avistaram o guerreiro e o chamaram numa alegria que era a salvação.

Levantaram as vozes até impossíveis para corpos tão débeis. Subiram ao mar e espalhavam as vozes que chegavam de uma piroga à outra, ambas fremindo de intensidade à esperança de saberem partir e, mais ainda, de saberem chegar ao lugar prometido que havia ainda sem inimigo. Um lugar sem inimigo, pensavam todos. Uma terra livre onde o cativeiro ficasse no pesadelo passado, fechado, fechando cada vez mais, a favor de um tempo sem obediência nem agressão.

Honra comovia e pensava que urgia em declarar-se um grau para a alegria, que afinal não era toda a mesma. Uma alegria que quase rebentasse o corpo de não caber, de não aguentar a espera. Ele pensava obstinadamente:

os meus povos negros. Levo os meus povos negros.

Julgava que em breve abraçaria seu irmão. Para esse sentimento, Honra convencia de que não havia sequer palavra. Era muito para lá de saber falar. Muito para lá das línguas sujas ou imaculadamente limpas. Sabia bem, agora, que a diferença de Meio da Noite era o seu espaço de esperança. Pensava isso mesmo:

a tua diferença é o meu espaço de esperança.

Entre as águas tantas, o feio branco não limitou seu gesto de chorar. A lágrima pura de sua comoção alimentava o tremendo animal líquido que montaria sem mais parar de navegar. Haveria toda a alegria. Ainda haveria toda a alegria. Os feios seriam para sempre. Nem que o jacaré houvesse comido por dentro do peito dos dois. Nem que o jacaré comesse dentro e fora todo o corpo dos feios.

Para sobreviver, Honra pensou que bastaria manter o silêncio de vinte onças. Inteiro era uma multidão de feras educadas para defender. Ia sem intenção de atacar. Aprendera por rigor e feição. Afeiçoara.

CAPÍTULO VINTE E QUATRO
A Divindade caminha

Subiram sempre as pirogas ao mais amplo mar, continuavam em muita alegria e o dia ainda não era, e nublava demasiado, os negros comentavam que haveria tempestade. Ia haver tempestade e ainda não se avistava a ilha central, o órgão vital onde o começo conservava seu sentido. Via-se nada, apenas o dorso incansável do tremendo animal líquido. O guerreiro branco espiava o céu e era certo que levantaria o vento que os obrigaria a navegar em sobressalto. As pirogas gigantes eram robustas, complexas, feitas de madeiras como ossos compondo um outro animal. Suas carnes eram os próprios navegadores. E o vento soprou quando talvez se visse a mata tão distante que ainda podia ser outra coisa, nem que um bando a passar. Os negros vociferavam, era para ali, repetiam, para ali. Atravessariam todos os ventos naquela direcção para chegarem ao depois do quarto mar, como jurava o feio. Eles confiavam. O feio prometera o mocambo para lá de uma água grande a partir do canto da próxima ilha. Daquele canto para lá, um pouco mais de mar, e haveria terra onde nenhum inimigo pusera o pé. Desciam os imensos entrançados finos onde o vento batia. Procuravam seguir na graça da maré e silenciavam. Quando alguém declarou que era ilha, era de verdade ilha que havia adiante, Honra repetiu:

verdadeirissimamente.

Sorriu. A bênção abaeté era ao longe e não se escondia.

E o céu adensava sua escuridão, era quase manhã nenhuma, não era permitida a manhã sob tão grave tempestade. Ardiam por dentro as nuvens e a ilha era lá muito longe, para onde o céu mais ardia. Honra pensava como estariam todos atarefados para o desafio. Pensava como andaria Pé de Urutago nas copas à esperança inteira. E comoveu.

Meu povo que anseia pelo osso do relâmpago, o novo tempo sem inimigo, com o corpo da Divindade entre nós.

Assim entoou.

Os negros perguntaram que razão havia naquele choro. Julgaram por medo. O guerreiro branco respondeu:

nossa Divindade haverá de abeirar numa tempestade. O clarão haverá de descer sobre nossas ilhas e entregar o mistério de sua presença para sempre. O meu povo abaeté suplica por Pé de Urutago, que tem o ofício de tocar a genuína luz do relâmpago, seu osso puro, fugaz.

Sobre o órgão vital, no canto para onde começava o quarto mar, onde se erguia a mata de osso, o céu abriu o ovo da nuvem e o clarão iluminou o mundo como nunca houvera notícia.

O fogo desceu ao chão e talvez Pé de Urutago o tenha agarrado finalmente. O esqueleto da mata pálida ardeu e das águas se pôde ver bem como ergueu num corpo em chamas do tamanho de cem guerreiros e caminhou. O corpo da Verdadeiríssima Divindade caminhou e era ardendo, tomando a mata, aumentando seu ser, desimportado com as chuvas ou com os ventos.

Honra pensou:

a nova era é fuga.

A ilha crescia. Mais ardia. Todos os vocábulos pousariam diante daquele clarão. Corpos todos se depositariam devolvendo seus nomes à mercê da mordedura absoluta. Corpos todos daqueles que soam e de todas as feras e bichos, das plantas e das coisas mortas, humildes diante da decisão da Divindade.

Os negros alardearam num susto. O feio levantou os braços e apontou para adiante, muito adiante. Era lá o mocambo. Ali, era outro lugar. E ele entoou:

navegarei meu próprio corpo. Seguirei à ilha para encontrar meu povo que haverá de também partir. É este o novo tempo.

E os negros entoavam:

não saltes, que é a morte. Não vás, que é a morte. Não sigas, à ilha que é a morte.

O feio pensou:

a tocaia do medo.

Podia apenas somar-se aos seus para sentir que sobreviveriam tanto quanto soubessem aos desafios novos, ainda que se colocassem ideias péssimas na gentileza que haviam maturado. Ideias que predavam seus dias em favor de uma ilusão.

Um tardio negro quis que Honra decidisse de outro modo, agarrando-o quase numa súplica. Melhor seria que os acompanhasse, que guardasse sua segurança no cimo da piroga. Mas o feio branco explicou:

meu irmão caiu nestas águas. Eu vou procurar meu irmão.

Os negros olharam o mar revolto e como o guerreiro branco navegou seu próprio corpo. Era sem tradução que quisesse abeirar o incêndio, buscando um irmão que diluíra na água e existia como absurda esperança. Um irmão que talvez não fosse senão morto. Para Honra, contudo, era adiado. Caído para esse abismo que o animal branco fizera na ideia e que chamara de futuro. Desse abismo, o negro haveria de ser resgatado. O mais imenso mar não o esconderia para sempre.

Poderão ter escutado como, entre o estrondo da tempestade, ondulando nas violentas vagas, Honra chamava:

irmão, sagrado Meio da Noite, onde estás. Nossos povos em toda a parte nos pedem ajuda.

Navegou imparável, imorrível, e sua pele perdeu as pinturas, os adornos, largara as armas, era inteiro despido, tanto que podia ser o regresso à intenção de criar sua vida. Podia ser que atendesse de novo à pronúncia de seu nome como por primeira vez. Deitaria pé, depois que verdadeirissimamente se escutasse: Honra. Ele seria. Navegava como nascendo. E era sem medo e nenhum inimigo. Era por obstinada vontade e por bênção.

Mais a ilha abeirava. Maior o fogo, pé depois de pé, para cima das aldeias. Os abaeté espalhavam nas pirogas e eram na nesga do areal. Eram os abaeté todos preparados para irem embora. Honra podia ver. Começava a ver e berrou, imaginando ou de verdade, vinte onças. Navegaria incansável. Teria de regressar. Lembrava Pai Todo e lembrava o medo e pensava que não se deixaria capturar no vocábulo branco que lhe retirava o tempo em favor de um tempo que, por definição, não há. Ele mais navegou e acreditou que chegaria. Nem que para encantar junto com os outros, mordidos pela boca em fogo da Divindade. Ele chegaria inteiramente abaeté. Verdadeirissimamente abaeté. Lúcido e abnegado à hipótese de ser culpado, torto, por desobedecer à medida de sua fúria. Mas, justamente assim, aprendera a calma e a prioridade. E sua prioridade era afeiçoar apenas aos que amava. Pensava em sua mãe, seu pai, seu irmão, Dois Amanhãs, toda a comunidade. Pensava e amava. Depois, entoou:

que há no meu corpo.

Era tocado. Podia ser algum peixe, não seria insecto se os insectos não podiam mergulhar. Era tocado e, por seu ombro, a mesma sensação. A luz incidindo mais e ele via ninguém mas sentia. Pensou:

estou múltiplo.

Jamais voltaria a ser desacompanhado.

A lucidez também era saber que haveria sempre companhia. Por seu espírito, intuitivamente, os outros existiam e sagravam sua vida. Chamou:

sagrado Meio da Noite, onde estás. Irmão, meu irmão, onde estás. Chama meu nome também. Agarra minha mão. Não largues nunca.

NOTA DE AUTOR

Educar os vivos

O velho no fim do caminho espalhou as cadeiras pelo campo para que ao longe imitassem o rebanho. Pastoreava as cadeiras brancas da cozinha, quietas como bichos que pasmavam perante a paisagem. Sentava numa pedra e olhava também como sobrava por ali apenas o início do mundo. Tudo o que viera depois era, afinal, passageiro, uma forma de esperança vã, um gesto inútil contra o regresso dos montes à silvestre vocação de se imaginarem continuamente e à revelia das pessoas. Eram em ruínas as casas antigas, debaixo de plantas novas, tombadas como esqueletos de granito desabitados de seus animais. As casas sem ninguém, e vê-las era já haver transcendido, estar para depois da normalidade, ser depois, aberrante e ao abandono.

Escutava ainda as vozes dos vizinhos mortos. O que lhe diziam da disciplina dos invernos, do agreste do verão, a partida dos filhos, as doenças à espreita, a pressa, que nenhum vagar se salva de ser um pouco de ilusão. Escutava como cantavam seu nome ao cimo dos portões para que viesse do fundo a conversar um quase nada. Por muitos anos, cantavam seu nome nem que apenas para garantirem que estava bem, bastante nas suas tarefas, alimentado, abençoado. E o velho subia, sempre mais lento no passo, e havia uma alegria para fazer. Até ficar para último. Julgava ele que imitar os bichos com as tralhas era modo de ter alguém. E afeiçoava também os raros gatos, dois lobos que vinham pelo outono, algumas aves em cada primavera. Afeiçoava flores, os cactos, até a urze, os miosótis já mais adiante no riacho.

Cada coisa que vivesse poderia ser um corpo amigo. Para o velho no fim do caminho, qualquer coisa que demorasse ali se tornava companhia e merecia uma palavra, um interminável diálogo. Por isso, não era estranho nem louco que perguntasse às giestas pelo frio ou pelo muito vento. Não era estranho nem louco que as quisesse regar. Adoraria estar certo de as alimentar, tivessem as giestas uma boca e uma barriga que se visse a crescer. Pensava ele que seria mais simples se todas as coisas tivessem uma boca e pudessem testemunhar-se. Dizerem de si mesmas inequivocamente para que tudo se negociasse por estrita necessidade e candura. Então, às pessoas seria concreta a ternura por tanto que quer ser sem elas, sem o abate que provocam, sem a avidez infinita.

Julgava o velho que aquele tempo era uma devolução. Nutria quanto podia e observava. Ao longe, escassos, passavam carros e os seus roncos mecânicos podiam ser os dejectos das montanhas a descer pelas estradas tortas. Quanto mais os miosótis, mais carros partiam para não voltar. Um dia, o velho sentiu que era certo. Os miosótis cobriam a margem do riacho como nunca se vira. Valiam por todas as vizinhanças. Eram uma vizinhança que se deixara adiada, até haver pureza bastante para que florissem francos, delicados, a refazer o mundo.

O velho pensou que nada daquilo era pouco. O início do mundo jamais seria pouco.

Meus povos

Precisava também de dizer meus povos. Meu corpo não define meu sentimento por inteiro e não pode mandar em minha pertença. Pertencemos por afecto e por fascínio. Somos capturados até sem contar, quando algo se coloca diante de nós e nos cabe de tal maneira que o passamos a ter como medida para todas as coisas, uma espécie de sapato de cristal que vamos calçando nos próprios pés para assumir o que é paixão e o que não vai mais nos conquistar.
    Sermos daqui ou dali não obedece ao lugar do corpo. A cultura naturaliza-nos de outro modo e é mestiça. É identidade de um pouco de cada coisa e quem é só de um lugar é pobre porque nenhum lugar é inteiro.
    Este não é um retrato de comunidade alguma que exista. É o meu poema que tem que ver sobretudo com o assombro, o preconceito e a maravilha que sobra em alguém que quer sobretudo inventar uma hipótese por imaginação e exuberância. Não é minha intenção fazer antropologia, sociologia ou sequer história. Sou um colector de palavras. Concebo verdades como se fossem sobretudo vocabulares e aceito erros. Coloco-me diante de todas as coisas para catar o poema. É pelo poema, sua violência e seu fascínio, seu absoluto fulgor

deitado sobre a realidade, que é pouco, que busco. É sempre pouco, busco muito mais.

Os povos originários do Brasil, como de toda a América do Sul, fascinam-me e eu jamais esquecerei o que me disse o cacique dos Anacés, ali cerca de Fortaleza: vá, e diga ao seu povo branco que um dia chegou aqui para nos matar, que seguimos de braços abertos para o receber como amigos. Ensine ao seu povo que somos amigos. Talvez nunca como então me tenha sentido tão honrado. Abraçaram minha visita, ofereceram-me o mais belo ramo entrançado de uma estranha folha gigante. Fizeram cantos, danças, pintaram os seus rostos, sorriram e pediram paz. Eu senti que não poderia jamais escapar daquele sentimento de urgência que em Portugal, esse futuro sempre europeu, não se sente. É, sim, fundamental que saibamos o impacto do passado no presente. É importante essa consciência para terminar seus efeitos e começar a mais elementar solidariedade. Ao menos, a solidariedade, contra toda a agressão, espoliação e assassinato a que sujeitam ainda os povos originários, esses que são o Brasil original, o Brasil sem as doenças brancas que quase os extinguiram.

Anotei no meu caderno um trecho que imaginei para algum instante no livro mas que acabou por não ser usado. Sobrou no caderno como um afinador importante para o meu pensamento e esteve sempre presente. Diz: «por toda a parte se chama Brasil. Do baixinho de uma árvore, mesmo raiz, até ao pescoço mais alto, depois da copa, depois até do pássaro, mesmo que voando só na claridade, é chamado Brasil. E na água, movendo e mudando, e seus bichos dentro e ao fundo, a fumaça e o som, é Brasil. Como se não fosse necessário nenhum outro nome. Entoaríamos Brasil e isso seria infinito de significados. O Brasil, coisa tão ávida. Uma espécie de assombração. Um ser em toda a parte ao jeito só da Divindade. O guerreiro branco, imediatamente impedindo a palavra, perguntou:

como tirar o Brasil de sob, de sobre e de dentro de nossas matas, nossos mares, nossos bichos e nossos corpos. Como tirar o Brasil de nossas ideias.»

Imaginei que aos povos encontrados subitamente em suas naturalíssimas comunidades era dito que o tamanho daquela terra estava tomado por um poder absurdo que nomeara tudo a seu serviço. Como poderiam estar ao serviço as matas e as águas grandes da Amazónia, os bichos e os corpos das pessoas que jamais esperaram ver brancos e, sobretudo, terem-nos como donos, autoridades, ferozes companhias, prepotentes assassinos.

Esta é também uma terna História dos negros mas, como a maioria das feitas pelos brancos, quis muito que sobrasse uma espécie de rasura, a impressão de ausência como se o negro houvesse de ser um elemento usado e deitado ao esquecimento. Julgo que apenas com a morte do meu pai chorei como à escrita de alguns destes capítulos e teve sempre que ver com a figura de Meio da Noite, essa sombra que nunca se ensimesmou o bastante mas favoreceu seu irmão. Admito que me apaixonei por completo pelo guerreiro desiluminado. Fazer com que o livro seja uma ingrata forma de contar uma história negra é uma crueldade que sinto ser necessária. É necessário atentar como em quase tudo apagamos os negros que foram, afinal, presentes e fundamentais.

A Casa de Imaginar

Subo aos montes para espiar os rebanhos e gosto de ver como os bichos são um equilíbrio calmo na natureza, uma inteligência madura que favorece que se afinem estações e ciclos de sustento. E os pastores vêem-me chegar e perguntam se não sou aquele escritor. Procuram nomes na memória, juram ter visto, ter lido no jornal algo sobre estas terras e sobre aranhas. E eu digo que sim. Os pastores afidalgam as palavras, depois, como se me dessem livros boca fora, generosos, conscientes de que ando por aqui à cata disso de contar. E contam. Confidenciam que a beleza das mulheres rareia aos velhos e que as ovelhas andam tosquiadas para refrescarem também, e que há milhafres, sim, e que alguns emigrantes voltaram cheios de dinheiro à espera dos nevões, porque levantam telhados suíços e confundem o vendaval com o anúncio do fim do mundo, já não se habituam ao arvoredo e como se põe nas noites piores. Contam que se cai aos poços em terror pelas crianças e se prendem os cães para não mexerem nas galinhas como os lobos, e que os lobos são esfaimados, desgraçam o gado pequeno. Os jovens estudam longe e julgam querer viver nas cidades, ficam com raiva de tantas lavras e de alguma lentidão, queixam-se de quase não haver raparigas, como se o amor não existisse aqui ou fosse pouco. Dizem os nomes dos lugares, de Corno do Bico a Túmio, Lamamá ou Padornelo, S. Bento, Romarigães e Rubiães, Picões ou Peideira, a ponte, e lamentam tudo porque pressentem que isto pode acabar. Perguntam o que vejo. Respondo que vejo beleza. Julgam que é também uma beleza triste. Perguntam porque escolhi vir para Coura escrever um livro. Respondo que sou esquisito, preciso cada vez mais de ficar sozinho e de estabelecer outros encontros. Uns que ampliem meu universo e me obriguem a não ser exactamente o mesmo porque também não busco o mesmo livro ou já não sei o que busco.

Este livro passou por várias versões. Amadureceu em Sesimbra, abrigado por meus queridos amigos José e Ana, que me deixaram diante do mar plano, educadíssimo, daquela terra tão bela. Depois, rasurado por inteiro, foi assim escrito da primeira à última página na Casa de Imaginar, que arrendei ao João Gomes, o melhor senhorio de Paredes de Coura, junto à ponte da Feteira, e onde me apareceram mil aranhas, muitas centopeias e estranhos insectos que todas as manhãs encontrei mortos no chão da cozinha. Nesta casa viveram três irmãos, o Gabriel, o Inácio e o João, que foram sapateiros e compunham, à força de um copo, motas e bicicletas. Eram muito boa gente. Tinham ao centro do estabelecimento, onde agora será o meio da Cozinha, um póster do S. Bento de Balugães, e em todo o redor havia calendários de mulheres nuas. O Vítor Paulo conta que vinha a mando do avô e dos pais ao arranjo dos sapatos e pasmava para as mulheres tanto que se confessava ao padre a pedir perdão. No dia em que um dos irmãos morreu, justamente ao regresso do seu funeral, outro morreu de tristeza. O terceiro duraria mais uns tempos desolado. As pessoas dizem-me que eram muito amigos, os irmãos. Que eram unidos e se amavam profundamente. Estou na Casa de Imaginar e ouço as madeiras rangerem e habituo-me à varanda boa sobre as leiras e chamo pela Faísca, a égua, e nunca estive tão bem sozinho, comigo mesmo. Talvez porque sinta que esta casa não é deixada sozinha.

Com estes meses, me vieram à alegria os jantares na casa da minha comadre e do meu co-compadre, como se fizeram confusões boas e pizzas, cogumelos e caril e assistimos às gloriosas crianças, como o Pedro ri e como a Maria manda fazer pouco barulho para desenhar, e vieram os passeios com a minha amiga Isabel Lhano pelos trilhos e pela vida toda de artes e noites muito brancas. Em Coura, há o jeito lindíssimo de Vítor Paulo Pereira e de Tiago Cunha, que simbolizam o mais lúcido amor pelas suas terras, e veio a simpatia da dona Ana e do senhor Carlos no restaurante Miquelina, que me aturaram as manias e ficaram na dúvida de haver uma vespa debaixo do meu prato, há o sorriso do Jorge na pastelaria Visconde, que se preocupou por não sobrarem almendrados para mim, e há a amizade do Jorge e da Rosa, que têm o jardim mais perfeito e o carinho tão notório pelos convidados. Há a Laura Niemeier e há o João Carvalho, que tem acesso ao melhor guarda-roupa da vila e está sempre ao pé de fazer uma festa, há o anfiteatro do Festival que fica de peito ao sol à espera das bandas e eu sonho que um dia regressem os Sonic

Youth para voltar a ser rigorosamente feliz como já fui um dia, ali, a vê-los tocar parte do «Daydream Nation», muito do meu barulho favorito. Por Coura andou o Nick Cave e andou a Patti Smith. Eu ainda a procuro entre os pastores. Ali mais para onde vemos as costas aos pássaros, no cimo, tão maravilhosa quanto eu maravilhado.

Obrigado a todos. Estive com a cabeça num certo Brasil, mas foi com o vosso cuidado e tanta paciência que pude assim imaginar. Espero que termine logo a pandemia, o medo, e que tenhamos de novo o Festival e essa obrigação grata de voltar.

Obrigado à minha irmã Flor, que foi a primeira a ler e a considerar que, surpreendentemente, ainda não enlouqueci.

O sino ao peito

Já não bate o sino de ouro à meia-noite da noite de S. João. Ouve-se nada, senão algumas rãs espantadas com nossa lanterna, nossa pouca conversa, à procura de saber se existe ainda passagem para a cidade sob as águas. Roubaram o ouro mas ficou todo o seu preço porque a fortuna é a própria Lagoa da Salgueirinha. Bocado silvestre de pureza, coração de Coura, país das rãs, afinou minha calma e fantasiou meus jacarés, suas tocaias e seus guturais protestos contra quem invade as ilhas de três mares.

O sino é ao peito. E esse, sim, bate.

Índice

PRIMEIRA PARTE
Educar os mortos   13

CAPÍTULO UM
    O branco   15

CAPÍTULO DOIS
    O nome dos inimigos   23

CAPÍTULO TRÊS
    Os graus da tristeza   39

CAPÍTULO QUATRO
    Mais abeira o branco   51

CAPÍTULO CINCO
    O osso do relâmpago   57

CAPÍTULO SEIS
    Um pouco de cobra   67

CAPÍTULO SETE
    A língua infértil   77

CAPÍTULO OITO
    O cadáver de todas as coisas está na língua   89

CAPÍTULO NOVE
> **O negro**   97

CAPÍTULO DEZ
> **Meus povos negros**   109

CAPÍTULO ONZE
> **Mais abeira o branco**   121

CAPÍTULO DOZE
> **Como um nome ausente**   131

CAPÍTULO TREZE
> **Chorar para mentir**   141

CAPÍTULO CATORZE
> **História da chegada dos brancos**   153

SEGUNDA PARTE
O gesto de chorar   163

CAPÍTULO QUINZE
> **A nossa guerra**   165

CAPÍTULO DEZASSEIS
> **O corpo tendente da Divindade**   175

CAPÍTULO DEZASSETE
> **Mais abeira o branco**   185

CAPÍTULO DEZOITO
> **A folia do negro**   191

CAPÍTULO DEZANOVE
A tempestade   201

CAPÍTULO VINTE
Mais abeira o branco   211

CAPÍTULO VINTE E UM
A palavra abissal   221

CAPÍTULO VINTE E DOIS
Trinta modos de matar o branco   229

CAPÍTULO VINTE E TRÊS
O silêncio de vinte onças   237

CAPÍTULO VINTE E QUATRO
A Divindade caminha   251

NOTA DE AUTOR   259
Educar os vivos   261
Meus povos   265
A Casa de Imaginar   269
O sino ao peito   273